陶正明

著

我就是这样走过来的

从大别山农家子弟到共和国将军的成长之路

浙江人民出版社

图书在版编目（CIP）数据

我就是这样走过来的：从大别山农家子弟到共和国将军的成长之路 / 陶正明著. —杭州：浙江人民出版社，2019.6（2019.11重印）

ISBN 978-7-213-09328-9

Ⅰ.①我… Ⅱ.①陶… Ⅲ.①纪实文学-中国-当代 Ⅳ.①I25

中国版本图书馆CIP数据核字（2019）第101357号

我就是这样走过来的

——从大别山农家子弟到共和国将军的成长之路

陶正明 著

出版发行	浙江人民出版社 （杭州市体育场路347号 邮编 310006）
	市场部电话：(0571)85061682 85176516
责任编辑	尚 婧 胡佳佳 王 芸
责任校对	杨 帆
责任印务	刘彭年
封面设计	观止堂_未 氓 黄 冉
电脑制版	杭州兴邦电子印务有限公司
印 刷	杭州富春印务有限公司
开 本	880毫米×1230毫米 1/32
印 张	8.5
字 数	172千字
插 页	3
版 次	2019年6月第1版
印 次	2019年11月第2次印刷
书 号	ISBN 978-7-213-09328-9
定 价	45.00元

如发现印装质量问题，影响阅读，请与市场部联系调换。

我就是这样走过来的

　　我出生在大别山区域的鄂北农村，退休于井冈山所在的赣鄱大地。我十九岁在武汉入伍，从工人变成军人，从基层连队到总政机关，从普通士兵一步一步成长为共和国的将军。这期间，我在许多不同的单位，担任着不同的岗位职责。在这段人生轨迹中，有一个关键节点——陆军第一军二师师报道组。虽然这段经历时间并不长，但是在那里我跨入了军官的行列，在那里我结识了许多高人，在那里我学到了做人做事做官的知识和本事，打牢了后来人生发展的基础。

　　我在师报道组工作了近两年，一九七八年年初提干，被任命为连队的一排长，成为军官。一九七九年年初，我又调到一军政治部组织处当干事。至此，算是从徒弟变成了"小师傅"。我至今依然深深怀念在师报道组工作的日子，尽管下部队采访往往被误解、遭呵斥，有时还要饿肚子；尽管写稿子时苦思冥想，甚至撞墙头、捶桌子、扔铅笔、撕稿纸，歇斯底里吼叫，近乎发疯发狂；尽管我从此落下了失眠的病根，几十年来不断增大安眠药量，但是我从未后悔过。那段日子在我人生中烙下了深深的印记，像鞭子时时抽打着懒惰的身心，像扳手时时撬开生锈的脑闸，像磨刀石时时打磨毛糙的思维，像聚宝盆时时吸收众人的优点。那两年，我明白了许多做人做事的哲理和真谛，饱尝了为人处事的艰辛和甘苦，踩实了成人成事的基石和沟坎。

离开师报道组，我多少有些不情愿。

我冷静地反思总结自己：为什么这个没有编制的单位，这个工作异常艰辛的单位，让我如此恋恋不舍？

我总结出六个字——"走、干、讲、读、写、想"，每天眼睛一睁开，都在实践这几个字的其中一个，六个方面连在一起就是一个人一生的大系统，随着岁月的推移、工作的变化、职务的升迁，这六个字伴随一生，让我受用终身。

走。要想获得新的素材，了解更多生动的故事，就必须迈开双腿，到各个部队去，走进大自然，走进训练场，走进军营的角角落落；还要到附近的工厂、农村去，和战友聊，和军人家属聊，和工人、农民聊，甚至和路人聊。走出去，可以看到不同的景色，听到不同的声音。天天走，天天都有不一样的感受。

干。就是要多实践。那时一个师有步兵、炮兵、工兵、通信兵、卫生兵等十几个兵种，有上千个专业。我是炮兵中的炮手，炮兵中还有负责侦察、计算、测绘、无线、有线、炊事、饲养、种植的不同兵种。写一个步兵连，就要把步兵的五大技术学一学、练一练；写一个司务长，就要跟在他后面种菜、买菜、调剂伙食、熟悉各地人员的口味、记账目、打算盘。有了亲身体验，就不会被一些常识性问题所难倒，避免了说外行话、闹笑话、出洋相；被写对象对你也有一种亲切感、信任感、钦佩感。纸上得来终觉浅，绝知此事要躬行。干部干部，先干一步；报道报道，先干后报。

讲。一个称职的新闻工作者，首先应该是一个演讲者、鼓动者。要把自己所写的主题与所写对象的事迹有机结合，充分体现党的大政方针，与整体的政治气候、政治环境同频共振。说清楚你写的稿子对部队、对单位、对个人的重要意义和积极作用，别人才会产生共鸣，为你出谋划策，把你的思路变成大家的行动。写好后讲给他们听，让他们给出评价，他们会提出许多你意想不到的意见，说出许多生动的语言，使你茅塞顿开、耳聪目明。所以，我每到一个连队采访，都会和他们聊一聊，说明来意。碰到有的指导员让我代他上思想政治课时，我是求之不得，因为这样可以一举多得，既锻炼了我的口才，减轻了他的负担，还增进了相互之间的友谊，讲好了还能提升自己的威信，为接下来的采访打下良好基础。

读。我至今还清楚地记得，有位专家说，文章也是一部乐章、一首歌曲，写出来了要大声地读，读出抑扬顿挫，读出高低平仄，开头、过渡、起伏、结尾都有不同的旋律和音调。文章读起来能够通畅悦耳，最起码要写得比较顺溜。写好一篇稿子要大声读、反复读，这本身就是在发现问题、开拓思路。读，对我这个小时候读书少的人来讲，还有更特殊的作用，先天不足，笔水浅淡，后天就要苦读恶补。那时候，我们读新华字典、读大块头书、读报刊上的文章，有时也读《解放军文艺》上的作品，好的文章反复读。读，的确是一件枯燥的苦差事，关键是要耐得住寂寞，稳得住心神，使自己进入文字中的美好世界，从阅读中获得心灵的充实和内心的愉悦。每天阅读之后，仿佛自己也升华了，自信感增强了许多，自卑感消除了不少，站在人前不再那么"矮小"了，偶尔做梦胆怯之境也少了许多！

写。新闻报道主要部分是写。写，是反映客观事物，表达观点、认识、思想情感，传递知识和信息的创造性脑力劳动过程。读书学习是写作的热身准备和基础条件，写作则是这些前提的最终表现，是集中创造的过程。一位伟人曾经说过，拿笔杆是实行领导的主要方法。下笔如有神，"神"就是实践，就是社会活动的精华。由不会下笔、离题万里到文思泉涌、笔下生花，甚至达到笔是匕首、笔是利剑的境界，都来源于生活的阅历。笔是脑子里伸出的"手"。

想。就是要勤于思考。学而不思则罔，思而不学则殆。朱熹说："读书有三到，谓心到、眼到、口到。心不在此，则眼不看仔细，心眼既不专一，却只漫浪诵读，决不能记，记亦不能久也。三到之中，心到最急，心既到矣，眼口岂不到乎？"我在写报道的过程中逐步觉察到，凡是想好的、成熟的、能脱口而出的东西，就上手快、写得顺，其成果也是自我感觉比较满意的。反之，则事倍功半，甚至从头再来。最关键的是大脑这个"加工厂"要精准到位，文章的主旨、题目、段落、开头、结尾、重要过渡、语言，都要反复推敲。成熟的思考是重要的前提条件，这一道理后来也被我运用到了领导工作中。我认为，**一等人想好了再干，代价小、成功率高；二等人边想边干，通常是拍脑袋做事，不完善、有欠缺的地方多，付出的代价大，留下的遗憾多；三等人是干完了再想，通常是无目标、无计划、无组织，脚踩西瓜皮，滑到哪里算哪里。作为领导者，选才时要重用一等人，慎选二等人，淘汰三等人。**

走、干、讲、读、写、想，几十年来，周而复始，我已形成习惯，退休了还乐此不疲。

家人不解。烦？也不烦！这是一个享受收获的过程，也是另外一种修身养性的方式。

忙中有苦，苦里有甜，最重要的是自己感到充实快乐。有时一书一笔，读读记记；有时游历四方，格物亲民；有时思往悟今，睹景生情……这些都使我的晚年生活有夕阳无限好、朝阳依旧在的感觉！

目　录

第三篇　练笔头

第四篇　排头兵

第五篇　井冈魂

第六篇　在路上

后记　回首走过的脚印

第一篇

正家风

少年时代

光阴荏苒，岁月如梭，回首往事，百感交集。我从一个农民的儿子成长为共和国的将军，一路走来，一步一个脚印，始终支撑着我在人生征途上艰难跋涉的，是苦学、苦干、苦忍。归结为一个字，那就是"熬"！

我是"熬"过来的，我懂得熬的滋味。**苦境、困境、逆境和绝境，使我醒悟、坚毅和成熟。**

我出生在湖北省大悟县三里镇黎家湾村。

大悟县属于大别山范围，因大悟山得名。相传明朝洪武年间，朱元璋借口凉国公欲图谋反，大肆诛杀功臣良将。卷入此案的李道元逃难于此处的少华山，落发为僧，法号"丧吾"，并将少华山改称为"大悟山"。自此，大悟山的名称沿用至今。

大悟县成县于一九三三年，是鄂、豫、皖交界之地，是全国著名的革命老区，是鄂豫皖革命根据地的腹地，从这里走出了中国工农红军第四方面军、红二十五军。李先念率领的新四军第五师曾在大悟山中与敌人周旋七昼夜。战争年代，共有十五万大悟儿女参加革命，七万多人战死疆场。小时候听老人讲，我们这里，日本人、国民党军队、土匪都与共产党的队伍打过仗，每个山头都有战壕，每条田埂都是掩体，每块土地上都流过鲜血。大悟还是著名的"将军县"之一，开国大将徐海东、"现代海军之父"刘华清都是从大悟走出来的共和国将军。

大难而有大悟，大悟始得大成。这就是我可爱的家乡。我在那里生活了十七年，读书、干农活、当乡村医生。

那些年，我亲身感受过农民的疾苦。正是有了这段艰难的经历，后来遇到的任何坎坷和磨难，我都能过得去、扛得起、忍得住、背得动。

知识改变人生，性格决定命运，习惯孕育成败。

小时候，我非常渴望读书。但因为"文化大革命"的关系，我只读到初中一年级就再也无书可读了。

在小学六年里，我先后在陶家湾、汪家畈、四里庙、三里城四个地方上学。读书的七年，给我印象最深刻的就是饥寒交迫。

读小学四年级时，我家离学校有将近两公里路。中午不能回家吃饭，我常常只吃早、晚两餐，中饭有时带点食物，有时就饿着，实在撑不住了就喝冷水。

初中一年级我是在离家十多公里的大新镇读的。新生报到的那一天，父亲挑着担子，一头装着被褥，一头装着大米和简易的学习、生活用品。父亲一路上说个不停："我们这条山沟有七八个村子，就你考上了初中。村里好些人劝我不要让你去上学，留在家里帮忙干些农活，减轻我和你妈的负担。我和你妈再三盘算，还是让你接着读书。你考上初中不容易，不读可惜了，再说农村孩子只有靠读书才能有出息。你一定要好好读。只要你有学上，你愿意读，我和你妈就是拼死拼活也要让你读。"我只顾点头，嘴里不停地回答"嗯、嗯"。

我每隔一星期回家拿米和菜到学校。家里人多，口粮少，母亲就给我装大概四斤米，再给一角钱的菜钱。那一角钱，是用来买豆瓣酱当菜吃的。这就是我一星期的伙食。有时候，时间才过一半，我就把米吃光了，只好去附近生产队的田地里弄点稻子、麦子，搓掉壳子，用凉水冲进肚子里，或者拔红薯、萝卜吃，或者提前到伙房掀开蒸笼，把县城或干部家庭同学的饭菜拿出来吃，说难听一点，就是有点"偷"的味道。由于营养不良，我十四岁的年龄、一米七的个头，体重却只有七十五斤。

我家里祖孙三代八人，只有三间破房。家里没有足够的地方睡觉，身为长子的我，一到晚上就到村里邻居家借宿，冬天经常没有被子盖，只能和衣躺下，从夜晚一直冻到天亮。

到三里城读书的时候，学校离家四公里多，冬天我就穿一条单裤、一双布鞋。路上有一条河，河面有二十多米宽，水面结有冰块。我就脱掉布鞋，卷起裤腿涉水过河，有时冰碴儿把腿都划破了。碰到下雨天，没有雨伞，我只好穿上父亲干活时穿戴的斗笠和棕衣。有时风大雨猛，等走到教室门口，我全身都已湿透了。老师让我把斗笠和棕衣放在过道里，等我进了教室，上下牙齿还在打架，嘴唇全冻紫了。

有一位退伍军人，送给父亲一双军用胶鞋，四十二码，父亲舍不得穿，让我穿。鞋大脚小，无法走路，母亲就用针线把鞋后跟缝得严严实实，鞋前面塞些破布和烂棉花，才凑合着能穿。这双鞋我穿了三年，又送给了大弟弟。

读书七年，给我留下深刻印象的还有累。

读小学时，除了白天上学，早晚还要帮着家里干农活，有时天黑了好久才收工。吃过晚饭，母亲点起煤油灯做针线活，或缝补衣服，或做鞋子，或纺线织布，这时，我们兄弟姐妹才能凑到煤油灯旁，借助那微弱的光亮完成老师布置的课外作业。有时实在太困了，打瞌睡头撞在桌子边上，碰痛了也就清醒了许多，再继续写作业。

为了凑够学费，我星期天还要到十多公里外的山里砍柴拿去卖。十几岁的小孩，一天只能挑四五十斤，可以卖两角钱。

一九六八年，没有书读了，我就回家干农活了。当时，生产队安排父亲到河南信阳搞副业，类似于现在的"打工"。这个名额来之不易，一个月下来，除了吃饭钱、每天交给生产队一元钱之外，自己一天还能分到一元多。

因为父亲腰疼去不了，名额丢了又可惜，父母亲在家里反复商量，拿不出好办法。我看到大人焦急无奈的样子，就说我去吧。母亲一听，连忙摇头，说我身子单薄，吃不消的。我说我去试试看。父亲半天不吭声，后来小声对母亲说："让他去吧，没有别的法子了。"我去了两次，第一次是修一条到发电厂的铁路。每天早上五点起床，五点半挑土筑路基，一天要挑一百担，每担一百二十斤，少一担罚十担。

当时我十五岁，挑不动一百二十斤，最多只能挑一百斤。这期间，我相继得了感冒、疟疾。附近没医生，我又不舍得花钱买药，只能硬撑着，甚至非常愚昧地跳进水塘里降温。记得那是初冬，水温已经很低了。从塘里上来时，我脸色发乌，牙齿咯咯打战。停了一会儿，我便继续坚持干活，否则的话，少干一天就少一天的收入。不少好心人看我可怜，就在收工之后帮着我多挑几担。

由于那时身体还没有发育好，我又习惯用右肩膀挑担子，导致右肩一直比左肩高，到部队之后通过队列训练才矫正过来。

第二次是在沥青池里浸炸铁轨下的枕木。这个活危险性大，既要有力气，还要灵活。池子是用铁板焊接成的，像口大锅，下面烧煤，里面装大半池沥青。沥青烧开了直冒泡，听说温度有两百多摄氏度。池子两边各站两个经挑选的大力士，双手拿着铁夹子，把干枕木夹起来，轻轻地放进池内，翻滚数次，如同炸油条。等沥青浸透了，再把它从池里夹出来，放到干燥的地方，等温度下降了，再堆起来。工头看我人小，不能干这活，就让我去下面铲煤烧火。这个活虽然危险性小一些，但需要不停地铲煤、送煤，也很累。有时火星喷到脸上，燎得很痛。几天下来，脸上就烫出许多黑点，就像长了麻子一样，好几个月才消退。

印象更深刻的，还有人为的伤害。

那时候农村青年也有保送上工农兵大学、提干招工的机会，我的小学和初中同学就走了好几个。

虽然我几次被推荐，但由于我的祖辈和亲戚都是普通农民，家里又穷，既没有关系可找，又没有值钱的东西可送，后来都被别人给顶替了。有一年，县里在我们公社招干部，一共面试了五个人，除了我是个男青年外，其他四个都是女青年，学历是两个高小、两个初小。结果，这四个女青年都当了干部，有的是公社妇联主任、团委书记，有的是县广播员，唯独把我刷了下来。来招干的是县里的一名局长，我去问他，他连头都不抬一下，当时真恨不得揍他一顿！

一九六九年年底，湖北中医学院到县第六中学进行大学教育改革试点探索，培训乡村医生（当时叫"赤脚医生"），时间是八个月，分给我们大队一个名额。这时又有人给我出点子，让我快去找大队书记，争取这个名额。记得当时大队书记正在大队部抽烟、喝茶，心情还不错，耐心地听我说话，还扳着指头算。由于乡村医生不进城，还是拿工分的性质，另外大概关系户也都走得差不多了，他就满口答应了。

我到湖北中医学院脱产学习了八个月。记得在学习期间，我们每天要花大量时间学政治。时间一天一天就这样过去了，我心里很着急。中医看病的望、闻、问、切，四诊八纲，经络穴位和针灸使用，中医中药的许多知识如中药的药名赋、汤头诀、十八反十九畏歌诀，那么多内容都要靠业余时间学，正课时间多半是学政治，如何钻研业务？

许多同学私下议论，觉得不解；少数人想不通，但表面上还说好，不敢说心里话。课时进行一半了，学院领导、工宣队、军宣队代表来征求意见。培训班事先指定的几个同学，有的拿着准备好的稿子，从头到尾头都不抬地一直念完；有好几个说得大同小异，都是称赞课程安排好，又红又专，突出了政治。

他们发言完了，主持会议的工人代表段师傅问还有没有同学发言，我举手站起来，说："与我刚来时想象得不一样，学政治占的时间太多了，学中医专业的时间太少了。如果我们学不到真本事，回去不能治病救人，怎么办？比如，一个人得了急病，我们要能看出是什么病，用什么药、什么方法能治好才行。光学政治对病人作用是不大的。"我还举了前一天碰到的一个事例，我们拉煤车掉进河沟里，同学们都去推，大家用了好大劲才把车推上来，如果不下水，不用力，光站在岸边喊"下定决心，不怕牺牲……"，车子是不可能自己上来的。治病和推车是一个道理。

我说到这里，台上领导开始交头接耳，台下也发出各种声音。可能他们觉得太突然了，主持人便宣布"今天会议暂时就开到这里"。

晚上，学院一把手、军管会马主任（原武汉军区卫生部副部长，安徽金寨县人，老红军）让我去他房间，我猜想八成是为会上的事，心里直打鼓。我忐忑不安地到了门口，站在那儿，不敢迈半步。听到"进来"的声音，我才回过神来，跨门槛时脚不听使唤，差点绊倒。我坐了下来，四肢还在不停地颤抖。

停了一会儿，马主任像长辈一样开腔了："小陶，你不能在那种场合说那些话。今后要注意。"之后他话锋一转，问我家里的情况，学习班伙食怎么样。过了半个多小时，马主任说："小陶，培训内容多、时间紧，你回去抓紧学习吧。"

过了一星期，医术业务课明显多了。后来听说马主任专门组织学校开了几次会，统一了思想，修改了教学计划。

经过了八个月的学习，我结业了，回到了大队。当时我才十六岁。由于家庭出身好，又刚刚上过学，算是"科班"生，大队就让我当了卫生所所长。我们所管辖方圆十多公里的地域，二十二个自然村，三千二百多人。

当时卫生所一共五个人，其中三个是"坏分子"：一个是地主分子，五十二岁；一个是"反革命"家属，五十二岁；还有一个是县卫生局下放管制的"右派"，四十六岁。只有我和会计出身较好。

卫生所最初设在付家湾，借用了一套民宅。我发现房子很不适用，村民看病也不方便，就建议把卫生所和大队中心小学建在一起。于是，二十个生产队按人头分摊建房物资和费用，很快就建起了十间房，非常方便。

卫生所实行合作医疗，每人每年交五分钱。为了节约开支，少用西药、多用中草药，我就分批带着各小队抽派的人，到深山老林里采捡中草药，还用鱼腥草、柴胡等试制出了针剂和药丸。后来，我还自己学会了部分兽医、禽医技术。老百姓家里有人病了要找我，牛、猪、鸡、鸭生病了也找上门来，我们也都出诊治疗。一年三百六十五天，我都睡在卫生所，几乎天天都有夜诊，只要有人在外面敲窗户喊"陶医生……"，我就马上穿衣下床，随来人出诊，连大年初一也是背着药箱，奔走在田埂上、山谷中。一年下来，公社和县里都把我们卫生所树为典型。

在卫生所，我用工分分的钱订了《湖北日报》、《人民日报》和《参考消息》三份报纸。为了订《参考消息》，我还与邮递员吵了一架。他说："一个农村毛孩子，穷得饭都吃不饱，还订什么报纸。《参考消息》是领导看的，你看有什么用！"村里也有人议论我，什么难听的话都有。有人说我是在做美梦。我根本不管这些闲言碎语，去找公社文书盖了一个章，才把《参考消息》订下来。我有我的想法，一是当学习资料，二是能了解国内外大事。《湖北日报》能知省情，《人民日报》能知国情，《参考消息》能了解世界。所以，每天不论出诊多晚、身体多累，我都要把这三份报纸上的文章全部读完，然后把旧报纸拿去包中药，一举多得。现在回想起来，那时订三份报纸是非常正确的选择，让我知道了许多外面发生的事情，懂得了许多新鲜新奇的道理，也认得了不少过去不认识的字。可以说，三份报纸，三个老师，三个朋友。

一个偶然的机会，我离开了"赤脚医生"这个心爱的岗位，离开了大别山的沟沟壑壑。

那是一九七〇年秋天，我在卫生所干了不到两年。一天下午，我在出诊回来的路上，碰到一个干部模样的人，双手捂着肚子，弓着腰，脸上豆大的汗珠往下滴。我一看就意识到他病得不轻，连忙上前说，我们卫生所离这里不远，去那儿看看，喝点水，症状可能会减轻些。说完，我便扶着他一步一步到了卫生所。

经过诊断，他可能是胆结石发作，我就给他喝了自制的排毒消炎水，扶他在床上躺下。过了两个多小时，他的疼痛缓解了，就开始和我聊家常。他是湖北省物资厅金属公司的干部，名叫黄深，广东高鹤人，转业军人，这次是到大悟县招工，招工对象主要是城市下乡的知识青年和退伍军人。

他说："小伙子，我看你不错，今天帮了我大忙，只要你把大队干部工作做通了，他们肯定放你，公社以上的工作由我去做，我想办法把你带走！"我听了他的话激动不已，心想今天是遇到贵人了，改变我人生的机遇可能来了，跳出"农门"，我就能到省城武汉去工作了。我自己都感到意外，但心里又矛盾起来：是这里的山水和乡亲养育了我，一年多来，我走村串户，与他们建立了深厚的感情，真一拍屁股走了，良心上过不去。我把想法和黄领导讲了。他说："小陶啊，卫生所还有其他医生，这次可是机会难得，不要犹豫啦！"

我当天就去找大队干部，书记禁不住我软磨硬泡，终于同意了，可两个副书记说什么也不同意。书记只好说，晚上开全体生产队队长会议决定。

那天晚上，我看着一屋子熟悉的面孔，一句话也说不出来，只是用央求的眼神望着他们。大家说，我的事他们知道了，都舍不得我离开，但有这么好的机会，也不能耽误了我的前途。医生可以再培养，可机会错过了就再也没有了，他们同意我走。

我听到乡亲们的这番话，扑通跪在地上给伯伯和叔叔们磕头，连声说："对不起、对不起！谢谢、谢谢！"

乡亲们像大山一样包容我，如慈母一样呵护我，为了我的前途，他们牺牲了自己的利益，让我深切体会到善良淳朴的人间真情！

那之后，无论走到哪里，我都珍藏着这段宝贵的感情。这一切，都是激励我坚毅向前的巨大力量源泉和精神动力。

我的父亲

　　一九八五年，我在一军纪检办公室当主任。第二年正月初三，不识字的父亲跟着在上海警备区工作的表弟到部队来看我，这是他第一次也是唯一一次来我的小家。

　　那时从我老家到浙江湖州军部，坐汽车、火车要转五次。由于春运火车特别挤，在河南郑州转车时，他和我表弟走散了，父亲上了车，表弟却没上去。父亲身上只有到上海的火车票、几元现金，还有带给我的土猪肉等家乡特产。他非常节省，在车上不舍得买吃的，一直饿着。

　　火车到了苏州，他就下了车。后来我问他为什么在苏州下车，他说有好几个当兵的下车，他就跟着下去了，哪知当兵的走得快，一会儿就不见了。

　　父亲除了知道我的名字和我是个当兵的外，其他什么都不知道了。怎么找到儿子的部队呢？苏州人听不懂父亲的话，他就凭着儿子是当兵的这一特点，见到穿军装的就求他们帮他找儿子。别人问他儿子在哪个地方当兵，是干什么的，他只会一遍遍重复"儿子叫陶正明，当兵的"。这么简单的信息，别人自然没办法帮他。

严寒的冬天，雨夹雪下得很大，父亲不停地走，走了一天一夜，沿路不断地打听。第二天下午，他看到一个军营大门，当兵的拿着枪站岗，他立刻像遇到救星一样，赶忙请战士帮帮忙。由于父亲提供的信息过于简单，又是农民穿着，衣服湿透，背着布袋子，哨兵只当他是个上访的，或是讨饭的，或是精神病人。几次驱赶，父亲就是不走，他认为在这里安全踏实，因为有当兵的站岗。他坚信能够找到儿子。天黑了，别人晚饭都吃了，父亲还在墙边蹲着，嘴里不停地说："我找我的儿子，他是当兵的！"

事也凑巧，这个部队是军炮兵旅。那天旅政治部陈副主任正好坐车回家，父亲知道坐小车的是当官的，就去拦车，大声喊"我要找儿子，儿子是当兵的"。车停了，陈副主任问父亲是哪里人，儿子叫什么名字。父亲回答后，陈副主任立即指示值班室电话询问，联系上了我。我和家人正在为走失的父亲焦急万分，突然听到电话那头父亲亲切而熟悉的声音，顿时又惊又喜又难过！

陈副主任立即通知了组织科（师以下纪检部门设在组织科）林超科长。因天太晚，苏州到湖州的公共汽车已经停班，林科长就把在家的干事全动员起来，派人把父亲接到招待所，叮嘱伙房做饭，并搬来煤球炉子，帮父亲烤干衣物。

不一会儿，父亲吃上了热腾腾的肉丝面。这一夜，尽管卧室、床和铺盖是他有生以来见到的最漂亮、最舒服的，尽管他两天两夜未合眼了，但他想儿子、想儿媳妇、想孙女，一直睡不着，不停地起来看窗户外天亮了没有。

第二天一大早，林科长陪父亲吃了饭，把父亲送到长途汽车站，买好票送上车，目送汽车远去才离开。

我和妻子早早赶到湖州市长途汽车站等候着。父亲下车看到我们，满脸笑容，连忙说："你在这么远的地方当兵，这一趟真是怪难的，你们快去谢谢那几个领导。"我连忙从父亲肩上拿下包裹，背起来，带他回军部的家。妻子去帮父亲买帽子、衣服。在车上，父亲讲了他路上的遭遇，我听着听着泪水止不住地流。

到了军部，女儿见了爷爷有点陌生，看了看我，又看了看爷爷，发现我俩长得像，聪明的她一下子明白了这是自己的亲人，是爸爸的爸爸。她扑进爷爷怀里，哭着说："这几天，爸爸妈妈天天念着爷爷，担心你走丢了，我没有爷爷了！"女儿哭了，父亲哭了，妻子哭了，我也哭了！父亲用手抹干脸颊上的泪水，对女儿说："孙女乖乖，你要好好读书认字，你爷爷就是因为家里穷，从小没上学，是个睁眼瞎，来找你们才吃了这么多苦。"听了父亲的几句话，女儿不哭了，好像一下子懂事了许多。她读书从未马虎过，这是最值得爷爷骄傲的事。

妻子给父亲买了新衣服，又带他到军人服务社澡堂洗了澡。父亲换上了新衣服，戴上了新帽子，一下子显得年轻了许多，驼着的背也伸直了一些。

我们陪着他到湖州照相馆照了一张相。这是他这辈子留给我们唯一的珍贵相片。

父亲劳作惯了，闲不住。吃完中饭，他就帮我种菜（那时工资少，军部在乡村，我们种了几块地）。种好菜，他又到处找活干。我劝他多歇歇，可等我们上班了，他看到警调连战士在打扫军部大院，便去和战士们一起干，铲杂草、通水沟、扫树叶。战士们开始不让他干，后来知道是我的父亲，就主动给他水喝，拿毛巾让他擦汗。

每顿饭，掉在桌子上的一片菜叶、一粒米饭，父亲都用手拾起来放进嘴里。他从老家带来的猪肉，因在路上耽搁时间长，有些变质，散发着异味。他叫我们不要吃这个，要吃新鲜的，他自己慢慢吃。每次吃饭时，他总用这猪肉蘸些辣酱，一块一块，吃得特别香。我们用筷子去挑，他连忙把那只碗端开，说："你们肚子受不了，我不要紧的。"我们喉头发硬，但也不能当着他老人家的面难过。

星期天，我陪他到杭州去玩。第一站看西湖，听说景点要花钱买门票，他就说："这有什么看头，不就是一个大水塘吗，我们老家哪个湾子没有？不过，这个塘大，塘边上栽的树、花、草，比我们那里的塘边好看。我回去后也要照这个样子做，让湾子的塘四周也好看。"一听说到了岳王庙，他主动要进去看。他仔细端详着岳飞的坐像，对我说："我从小就听说书，最爱听杨家将、岳飞的故事。岳飞也是个当兵的，他母亲在他背上刺了'精忠报国'几个字。"我带着他去看那四个字，他突然冒出一段话，深深触动了我："这几个字这么大，要用好大的墨块，肯定很重，够岳飞背的哟。当兵就要当岳飞那样的兵！"

中午，我俩找了一个小饭馆，点了两个菜一个汤，打了四两酒、两碗饭，花了十多元钱。他一再说太多了，太贵了。我陪他吃得差不多了，就放下了碗。还有些残汤剩饭，他把这些都倒进汤碗，吃得干干净净。晚饭我们是回家吃的，他说中午吃多了，晚饭就不吃了。

在军部，他要去看我工作的地方。那天早饭后，我带他去看了我的办公室，两间房，里间是档案室，外间是办公室，三张桌子，我和两个干事一人一张。两个干事叫他伯伯，他连声答应。我看他表情有点不解。

过了几天，我到无锡市一八一师去组织纪检干部集训，为时一周。因我老家有旧习，公公和儿媳妇不能多接触，尽管我妻子对父亲很好，但老人的封建意识一时很难改变。他提出和我一起去，我理解老人，就带着父亲住在五四一团招待所。

第一天晚饭时，王敬喜师长、赵太忠政委知道了此事，特意赶过来，用师农场的自酿酒宴请我们父子俩，我甚为感动，终生铭记。当我父亲知道是两位师长（他不懂政委是什么官，我只好说也是师长）来陪他吃饭，他一下子站起来，两条腿不停地抖，头上直冒汗，话都不敢大声说。他说从来没这么近看过这么大的官，小时候老远见过国民党的师长，骑个大马，后面跟了好几个勤务兵。王师长、赵政委哈哈大笑，一边劝他喝酒，一边对他说，你儿子干得好，年纪轻轻就正团了。父亲说："不是团长，是什么主任，手下才两个兵，我们老家主任多得是，村主任、治安主任、妇联主任……他还不如当个连长呢。"父亲酒喝多了，也不太怕两位领导，话也就多起来了。看来，父亲是到我办公室看了后，认为我不该当主任，手下的人只有两个，应该去当带

"长"的官。

父亲见到了两位师长，又喝了不少酒，那天晚上特别兴奋。回到房间，他拉着我坐在他床边，拍着我的手，又不厌其烦地说起旧话："老大呀老大，不管你在部队里当什么，四邻八乡的熟人见到我，说我有两个儿子是当兵的，我就欢喜，干活不觉得累，走在路上都觉得比别人高一头！你爷爷经常对我和你伯父讲，**人一辈子，再穷不摸错口袋，晚上睡觉不摸错床铺，再受冤枉都不要害人整人，逃荒要饭也要让儿女读书识字**。这次见到你住的房子比我好，媳妇也能干，孙女也乖，学习好，我就放心了！我就来这一次，再不会来添事了！你多在部队里干活，不要回家，回来花工夫又花钱。我们在家不用你操心。"我听得泪流满脸，泪珠滴落到父亲的双手上。

过了几天，我送父亲到南京，他从南京坐轮船回家。这样安排，一是让他坐坐船见识见识，二是坐船舒服些，三是坐船比乘火车便宜。最后一条是父亲选择坐船的主要理由。

父亲这次看望我们之后的十年整，我听了他的话，没有回过一次家。等我再次回家时，竟然是为他老人家去天堂送行！

他理解我们，不给我们添麻烦。听家里人讲，父亲临走的那天，吃好晚饭，看了两集《水浒传》，就躺下睡觉了。凌晨，他便安详地走了。他的心脏和大脑太累了，要休息了。凌晨三时我收到噩耗，早上立即向政委报告请假。首长说："原定上午政工会你还要主持，下午走吧。"下午，我在杭州殡仪馆买了一个大理石骨灰盒，乘飞机赶到武汉，又坐汽车颠簸到大悟，赶到乡下

　　灵堂已是晚上九点多钟了。我看到父亲静静地躺在那里，还是那么慈祥！我扑上去，将自己的脸轻轻地贴在父亲的脸上，再也控制不住自己，晕过去了。一阵晕厥后，我睁开眼，对着父亲耳朵轻声说："父亲呀，知道您不会责怪我们的，但我还是要对您说对不起，您一辈子吃了那么多苦，没有歇息一天，我也没有好好陪过您，我早应该多回来看看您。您走得太匆忙了，我工作的新单位您还没去过，为您准备的房子还空着。也是我们的无知和疏忽，没有给您体检，使得您生病了没有早治疗，走得这么早、这么快呀！"

　　刚刚六十七岁，生我养我的父亲！

每见妈妈泪花流

妈妈现在已八十多岁，父亲去世时她六十一岁。因担心她孤独，在武汉工作的小弟把她接到家里一起住，虽然热闹一些，但儿女亲戚常去，也打破了小弟一家的安宁，特别是影响了侄女的学习。兄弟几个商量，租个小套，请个保姆。妹妹们退休了就轮流去照顾，儿女和亲朋好友去看望也方便。

我在工作岗位上时，去看她的次数很少，偶尔去一下，她都说自己很好，要听父亲在世的时候对我们说的话，不要牵挂，在外面好好干。我六十岁退休了，每个季度回去一次，陪她三五天。她知道我不工作了，经常说："你们吃国家饭真好，不干活，休息了政府还发钱。我们农民太可怜，只有眼睛一闭脚一蹬才真正歇下了。"

去的次数多了，常听妈妈念叨过去的事。

"你是老大，我二十岁生下你，你经常害病，发烧不退，找不到医生，我白天黑夜把你抱在怀里，弄点树皮草根煎水给你喝；用温水给你擦身子，听别人说这么做能降火。你抽了两次筋，我吓得两腿直打战，你爸爸跪在神龛下叩头。奶水也不够，我就做面糊糊喂你，真是难养啊！好些大妈大婶看到你皮包骨的样子，都猜我不能把你养活，没想到你命真大，还长成了人、当了兵……"

妈妈六岁没了父亲，十岁又没了母亲，与大四岁的姐姐相依为命。为了生存，两人都当了童养媳。她不知道自己出生的时间，所以她很羡慕别人过生日。我们兄妹商量，把中秋节定为她的生日，她高兴得不得了！妈妈学针线活，家里为了节约，不让点灯用油。妈妈就早起床借着月光学，光线暗，眼发昏看不清，就使劲揉眼睛，时间久了眼睫毛倒着长，刺得眼珠生疼流泪，怕风怕光。等我结了婚，妻子把她接到县城家里，到人民医院看医生，才知道她是得了倒睫的毛病，需要做切除手术。小家离医院有近两公里路，手术后两天要换一次药，妻子就牵着妈妈的手，婆媳两人肩并肩慢慢地走，前面有不平的地方，妻子便提醒妈妈注意。吃饭、洗漱都是她侍候妈妈。妈妈的眼病治好了，明亮多了，她逢人就讲："是大媳妇帮我把眼睛治好了，要不是她，我早就成瞎子了。"

妈妈岁数大了，身上各个器官老化，功能退化了，给生活带来许多困难。前几年，她的耳朵失聪了，别人和她说话要大声。小弟给他买了进口助听器，她嫌麻烦不愿意戴。我们与她交流时，除了要动口，还要用手比画，有时她不明白，急得两眼看着对方的嘴巴，猜测是什么意思。

妈妈年轻时体力活做得多，两腿严重变形、浮肿，关节痛得走不了路，我们只好给她配个轮椅。每天上下午她要到外面转转、看看，大多时间由妹妹推着，有时她自己也推着空轮椅走上几十米。我有时也推一会儿，她就急着对妹妹讲，你大哥也六十多岁了，不要让他推。回家进大门有三步台阶，我们架着她的胳膊，她右手用力拉住门框，费很大气力，才能一步一步地上去，再坐上轮椅。

每次看到这个情景，我就回想起妈妈年轻时挑担子的模样。无论是在生产队劳动，还是干家务活，妈妈都能挑百十来斤，最多时要走十几、二十公里路。有时上坡下岭，脚板踩出节奏，很是好听。记得有次她带着我到十多公里外的大山里去打柴，天还没亮就上路，准备好的两人午饭，就是咸菜炒米饭，用一块毛巾包着，挂在冲担尖上。因为起得太早了，我跟在妈妈后面走，迷迷瞪瞪的，有一会儿好像睡着了。等天亮了，我一看饭包不知什么时候丢了，要转回去找。妈妈没有半句埋怨，说丢了就算了，转回找要耽误工夫，也不一定找得着，中午摘些野果子也能顶饿的。柴拣好了，妈妈摘了一些野杨桃、毛楂等，娘俩吃得有滋有味，口渴了就捧起山涧水喝起来。回来的路上，我没力气，跟不上妈妈。她就叫我放下挑子歇着，她等会儿转来再帮我挑。看着妈妈快步赶路的样子，我不好意思停下。当时我觉得，妈妈是我前进的方向，是我前进的榜样，是我前进的力量！

妈妈不识字，是个文盲。这给她的生活带来很多的不便。弟弟单位有老年活动中心，很多老人在里面看报、下棋、打牌、聊天。妈妈也喜欢去，可是她去了只能看看大家的动作和表情，那些老人与妈妈也很熟悉，但由于文化水平这个障碍，阻断了他们之间的交流。每次我陪着妈妈走进这些老人之中，就看到妈妈渴望和自卑的样子。在回家的路上，她总是说，从小没钱读书，一辈子不知吃了多少苦。

在家里，她让我挨着她坐着，左手紧紧地抓住我的右手，又念叨起她记得的往事。尽管上下午加起来要坐五六个小时，坐得腰酸背痛腿麻，尽管这些老话她讲过无数次，但我也没有感到累。妈妈熟悉的声音，好像就是摇篮曲！

租住的房子有间空的，原来是我们兄弟去住的，可是住了几回，发现严重地影响妈妈和我们的睡眠。妈妈也不看什么时间，一会儿过来摸摸我的头，一会儿又过来掖掖被子。我有意识地看手表，每次中间相隔才一个多小时。她每次都不开灯，顺着墙壁摸过来。第二天她精神很差，我大声问她睡好了没有，她却说睡好了。我知道她又回到了从前，把我们当小孩了。后来我去了就在外面找房子住。

每逢佳节倍思亲，最亲就是老母亲。逢年过节，我们都打电话问候妈妈。虽然她听不到我们的声音，但弟弟、弟媳和妹妹会指着电话，竖起大拇指，妈妈就明白了是大儿子家打电话来了，赶忙拿起电话，大声说："谢谢你们，我蛮好，莫操我的心，什么时候再回来呀？"听到妈妈的声音，我们心里踏实多了。

每次回去看望妈妈，见面伤心，离开也难过。原来要回去的时候，我会提前几天告诉妈妈，妈妈就天天坐着轮椅到传达室门口，眼睛看着大街。要离开的前一天，她让弟弟妹妹买许多小时候我爱吃的菜，吃饭时她不停地用筷子往我碗里夹菜，就算撑得肚皮难受，我也大口大口地吃。后来，我回去和离开前，不提前告诉任何人。坐飞机、乘高铁，到了站打个车，悄悄地到家，离开时也不打招呼，这样让妈妈少难过，我也好受一些。

前几天我回去，要离开的时候，妈妈好像有预感，她一直送我到弟弟单位大门口，伸开双臂。我再也忍不住了，跑过去，半跪在地上，扑在妈妈的怀里。妈妈用满是皱纹的双手不停地抚摸我的头，干涸的双眼流出老泪，湿润着我的脸和手。

妈妈就是家，家就是妈妈！子女最大的心愿就是永远有个家可以回，有个妈妈可以亲！

苦痛是块磨刀石

小时候，除了贫穷，身体上的苦痛也是对我的一种磨炼。

那是我上小学五年级的时候，放暑假了，为了凑够下学期的学费，我就跟村里大人到十多公里外的大山里砍柴，挑到附近集镇上卖，一担柴讨价还价能挣两角多。有一天，和往常一样，我用毛巾包着妈妈准备的饭团子和腌菜，腰里系两根麻绳子，别着一把斧子，肩上扛着冲担，双脚穿上父亲用麻线、破布条和稻草裹在一起打的草鞋。打柴要走得早，天气凉爽些，中午才能赶回来吃饭。

农村人既没闹钟，更用不起手表，掌握时间全靠鸡叫。鸡叫一遍相当于三点多钟，大伙就在村头集合，接着一个一个地朝大山进发。等到了砍柴处，天刚蒙蒙亮，各自去找地盘，砍干枯了的树枝。大人们会告诉我，松树、栗树好上火，烧得时间又长，卖的价钱也高一些，我就专挑这些树枝砍。

运气不错，不远处有棵枯松树，三米多高，二十多厘米粗，一棵差不多就够一担柴。我几步就走到树跟前，从腰里卸下斧头，看了看下手的位置，就高高地举起斧头，朝树的根部用力砍去。由于脚打滑，举斧下砍用力过猛，斧刃落到左腿膝盖下方，顿时砍了一个大口子，两块肉裂开，鲜血直流。

怎么办？空手返回的话就相当于白来一趟，伤口还是疼。有个大伯看我异样，问怎么了，我说斧子砍到腿上了。他赶忙过来，看了伤口，说："这不行，快用自己的小便，与土拌和敷上去消炎，土办法管点用。今天就不砍柴了，砍了也挑不动，坐在这儿，等我们一块儿回去。"

说罢，他又去砍柴了。我照他说的办了，用尿拌土，和成泥浆敷在伤口上，把衬衣撕掉一只袖子，又撕成一条一条的布条，接成一整条，把伤口绑得严严实实。我又拿起斧头把枯树根砍断，还找了一根木棍当拐杖。返回时我在大伙后面跟着，一路上伤口剧痛，站立、坐下，症状都不能缓解，汗珠不停地往下掉。有时一阵眩晕，好像人要倒下来，我赶紧把枯树干竖起来，靠在身边，歇会儿。

直到下午太阳快落山了，我才扛着枯树一拐一拐回到家，放好枯树。妈妈看到我满是干血的左腿，一把把我抱在怀里，一边哭一边说："儿呀，你怎么这么笨哪，砍伤了就不要打柴了，快点回呀，看看，砍那么大口子，又流了那么多血，真是痛死了。"她赶忙用清水浸洗伤口，又用剪刀把血布剪掉，敷了点土药，让我躺下。晚上父亲把枯树锯成六段，劈成木条，第二天挑到集上，竟然卖了三角六分钱。

看着父亲母亲赞许的眼光，我的腿一下子不太疼了。

有了这次经历，我对身体上的苦痛忍受能力增强了许多，小病小伤都不放在心上。记得二○○八年夏天，我不小心摔坏了腰，当时疼得钻心。第二天我到医院检查，医生大吃一惊，说是左边肋骨断了四根，其中两根对折断开了。古人说"伤筋动骨一百天"，医生也开了病假条，让我全休卧床六十天。我把病假条装进口袋，也没向领导汇报，天天照常上班，需要我主持会议时，我还能站在那里。首长看出异样，问我怎么回事，我说这几天腰部老毛病犯了。有公务需外出坐车二百多公里，我就用右手抓住扶手，一直硬撑着。

苦痛是块磨刀石，人生这把刀，只有经过痛苦的磨砺，才会变得更锋利、更有价值。

一日师终身恩

每逢教师节，我都会想起曾经教过我的许许多多老师。

入伍前我读过小学、初中、湖北中医学院（八个月）。当兵后，我在南京陆军指挥学院、国防大学、国防科技大学、中央党校读过书。我还在职读过杭州电子工业学院大专、中央党校函授本科、浙江大学研究生（因英语没过，只发了个结业证），还有记不清次数的短期培训。尽管有的老师只上了一节课，见了一次面，但他们都给我传授了知识，为我的大脑增添了营养，使我在前进路上明晰了方向，双脚下面长实了力量！我从心底里对老师有着由衷的敬意。

印象最深的、至今还保持着联系的是我的启蒙老师林家仲老先生。我六岁那年，父亲领着我去大队唯一的小学报名读书，负责接见和考试的就是林老师。他出了三道题。第一道算术，从一数到一百，我扳着指头，大声地喊一二三……，一口气数到了一百。第二道题是看一个本子，上面有几种颜色，让我看后指出来白、黑、红、绿、黄，这五种我也说对了。第三道题是老师拿出一个人的相片，问我是谁。我好像在哪里见过，又怕说错了，就随口说是大队黄书记。老师说你再仔细看看，我越发紧张，不敢说。父亲在一旁急了，脸涨得通红，说："你怎么连毛主席都不认得啦，他可是我们穷人的大救星啦！他要是早点当主席，我也能像你一样读书识字，你一辈子都要记在这里。"父亲一边说，一边用手指着我的心窝处。由于他用力过大，戳在我身上好痛。那时候我见过的最大的官就是黄书记，也是跟大人去开会，看他在台子上面手不停地动，嘴里大声讲话，至于讲的什么我听不懂。加上当时农村书很少，也没报纸，家家户户堂屋正中贴的是一张红纸，上面写的是"祖宗昭穆之神位"几个字，逢年过节烧香摆食品，一家人先作揖，再下跪叩头。不像后来大家都有了毛主席像。

三道题答对了两道，收不收，那就全看林老师了。过了几天，父亲把一个布袋子交给我说："林老师同意了，你明天就去读书。我已经和林老师讲了，跟他三年，学写毛笔字，过年写对联再不用请人；学会写钢笔字，今后能记个账，写个信也方便些；再就是学打算盘，加减乘除都要会，家里用得上。"

第二天上午，我就到学校找到林老师，拿出手中捏得紧紧的五角钱，报上了名。不一会儿，林老师手里拿着两块旧铁板，敲打出声音，有的同学说是老师打上课铃了。

老师把十几个新同学分到各自的座位上。学校是所初小，有一、二、三年级，一间教室，三十多个学生，课桌都是学生家里带来的，有长的、方的、高的、矮的、大的、小的，凳子有木椅，有石凳，还有砖垒的。一张桌子坐两人、三人、四人的都有，个别大方桌坐六人。我坐的是长方桌，三人，我靠左边。三个年级语文、算术、课外活动都是林老师一个人负责。他除了上课，中午还要帮离家远的学生热带来的饭菜。同学中同一年级岁数相差大，比如我们一年级大的有十二岁，小的比我还小半岁。

上下午各有三节课，老师上课，给一个班讲语文，一个班复习数学，或练毛笔字，另一个班课外活动。课外活动包括打算盘比赛，到村里打谷场跑步、做操，天气不好时就在走廊里，老师先教一遍，然后指定班长（一般是岁数大的）负责练。两个年级在一间教室里上课时，经常听到其他年级的课中情况，互相有影响。记得有一次，我们在上语文课时，听老师在批评二年级一个学生算术做错了，那位同学故意咳嗽，老师说一句，他咳一声，老师说那你就咳吧，我等着你咳完再讲，他真的不停地咳，还假装朝地上吐痰，惹得老师直摇头，我们都笑起来了。这下老师恼火了，让那位同学到后面罚站。

父亲性子急，让我尽快学到"三会"，去和老师商量，让我住到学校，请老师开小灶，父亲每月给老师一担柴火作为报酬。我去学校住，晚上还要与老师睡一张床（因老师留校看门），很不情愿，但又不敢违抗父命，怕挨揍，只好跟着父亲去了。后来与林老师住了几天就习惯了。每天晚上，老师在煤油灯下批改学生作业，我就坐在桌边学写毛笔字，或打算盘。困了我就先去睡，老师什么时候上的床我不知道，因为多数时候我已经在梦里。早晨，闹钟一响，老师就起床，把我昨晚做的作业指点一遍。那时我就觉得老师很辛苦，主动帮他干些力所能及的事情，烧火、端水、打扫卫生等。星期天他要回自家菜园里种菜，我也跟着去，帮忙拔拔草。由于家里经济条件差，写毛笔字有时少纸缺墨，林老师就把前几届学生留下的废旧作业本让我写。有一次墨块用完了，我用石头在砚台里磨，他见了，说："小家伙，巧妇难为无米之炊呀，石头怎么能磨出墨呢？"我听了一脸不解。他连忙耐心地给我讲解这句话的意思，我终生难忘当时的情景。

那天吃完晚饭，林老师找了一个破脸盆，里面装满细沙，端进房间，又找了一块木板，然后对我说，晚上就在这沙盆里练写字。我右手握笔，左手拿着木板，写一个字或几个字后，就用木板把沙刮平。这样既练了字，又节约了纸张和笔墨。这个方法我一直坚持了多年。

林老师教了我三年书，由于学校没设高小，三年后，我考上了另外一所学校的四年级。我去向林老师告别时，一见到他，就扑进他的怀里，放声大哭起来。我才意识到我真的把他当成了父亲一样，真是舍不得。

林老师不光是我的老师，还是我弟弟、妹妹的老师。我们几个的文化底子尽管不厚实，但都是林老师亲手帮助打牢的！

半个多世纪过去了，我一直与林老师保持着联系。早些年，我只要回家，林老师家是必须要去的。后来回去少了，我就给他写信，他家里装了电话，我们联系更方便了。每年春节我们会给林老师送个红包，表达我们的心意。

林老师在我和弟妹心目中有着特别的地位。记得父亲去世时，我们把父亲的骨灰盒摆放在家门口，让他与乡亲们做最后的告别，请谁来主持呢？我们不约而同想起林老师。他来了，讲了许多话，还挨个摸了摸我们的头。他哭了，我们都哭了！

林老师一直想从民办教师转为公办教师，可不知什么原因一直未能如愿。现在他已经八十多岁了。

尊敬的林老师，尽管我们也从过去的小家伙变成了老家伙，但他永远是我们的老师。一日为师，终身为父。许许多多教育过我、关心过我的老师、领导、首长，都是我的恩人！

第一次写春联

春联，在我老家叫"对联"，又叫"对子"，"对子"叫得更普遍。人生有许多第一次，有的转眼即忘，有的刻骨铭心。我第一次写对子，倒不至于刻骨铭心，但父亲那希冀的眼神令我至今难忘。

那时，我只有小学二年级。

父亲送我去念书，他给我定的三大目标，其中之一便是会写对子。

二十世纪六十年代初，在农村能拿毛笔的人不多。每到春节，写对子便成了一件大事，更是一件难事。要么到四公里外的集镇上，找摆摊子的人写对子，花钱买，以副论价。集市是逢双日开的，有时人多，排队等很久，很浪费时间。要么请附近小学的老师写，一个村几十户，每户又有几副，给老师的报酬是一角二分的"大公鸡"香烟，最少一包，最多两包。老师从上午写到深夜，除了吃午饭一直在写，站着写累了，就坐下写。老师通常带着一本春联书，上面的内容，有十几个字的，也有五个字的，一般是七个字。还有门框上的额幅（横批），四个字。

我上学了，父亲讲得最多的就是："你好好学，能自己写对子就好了。"每次讲的时候，父亲眼神里的期待，总是令人难忘。

第二年的元旦，农村称阳历年，父亲认真了，说："今年的对子你来写，再不用去求人了。"我一听，吓得不得了，才二年级的学生啊！但又不敢说个"不"字，怕吃"板栗"（就是大人教训小孩，用右手半握拳，四个指头的第二个关节鼓起来，像一只只板栗子，在小孩的后脑勺上敲，挺疼的）。

我去找老师，把父亲的话说给老师听，老师说那你赶紧练毛笔字，到时就不会挨打。放寒假前两天，我又找老师帮我找对联的内容。我家有大门、堂屋门、灶房门，还有两扇侧门，共五副对子。我还问老师："记得往年窗户、猪圈、鸡笼上也贴个红纸条子，上面要写什么？"老师共让我抄了十副对子，五副七字的，五副五字的，十条额幅，另外，他又拿笔写了十几副备用的。为了省墨纸钱，一有空，我就用毛笔蘸清水，在院子里的几块石板上写老师给我的那些字。为了让水干得快，我就拿一块破布，写了就擦，擦了再写。

到了腊月二十八，天下起大雪，外面不能干活。一大早，父亲说："今天天气不好，你在家里写对子，我帮你的忙！"父亲不认字，写对写错他是看不出来的，但他在旁边，我还是很害怕、很紧张。

吃罢早饭，父亲把吃饭用的，也是家里仅有的一张方桌搬到门口，拿出他买来的两张大红纸。

我以前看过写对子的准备过程，也请教过老师，老师把每一步干什么、需要注意什么也写在一张纸上。我先铺开纸，没尺子，就用妈妈纳鞋底的线量一量，分成若干份。父亲大概看明白了，他帮我计算，排齐，用剪刀裁开。我把裁好的纸，两张上下并列，按七格、五格折出印子来，用铅笔在纸条的每格中间画个×字，表示正中位置，以免写得不整齐。

我从书包里拿出胡开文块墨，在砚台里加水磨，用笔试了试浓度，拿出老师给我的两张写有对联内容的纸，就开始写了。

我先写侧门五字的，一条一条的，我写什么内容，父亲都先让我念给他听，意思他多数能听明白，加之又是老师那里得到的，他还是很放心的。两副侧门的写好了，摊在地上，他横看竖比，不懂内容，但他看到儿子能写对子了，露出了得意的笑容，使我心宽了不少，特别是他肯定的眼神，让我感觉比吃了蜜还甜。

吃罢中饭，要接着写大门上的对子了，我至今还记得内容哩！对子是"春回大地日日新，家和财进滚滚来"，横批是"旭日东升"。当时，父亲让我念了一遍，大概听明白了，连声说："好！好！这就应该贴在大门上。"

写好五副门上的对联，接着写"紫气东来""六畜兴旺""槽（是喂猪用的工具，有木头的，也有石头的，中间有个凹槽，用来装猪食）头大发""笼凤成群"，分别贴在窗户的木框上、猪圈门上、猪槽边上和鸡笼门上。这些都是农民最真实的期盼。

除夕凌晨，一只公鸡叫起来了，家家的公鸡便争先恐后地唱开了，一声比一声亮。每户的当家人早已洗好澡，换上了新的或干净的衣服、鞋袜，两手端着早已准备好的供盘，上面有一只猪头、一只鸡、一个装有五种蔬菜的碟子，还有一碗米饭、一碗面食，放在也是事先垒好的沙丘的第二台阶，沙丘都是面朝东方的，在第一台阶中间插上三支香，香两边各插一个小蜡烛。主人后退一步，双腿跪下来，连磕三个头，口里细声细语讲些什么，大致是企求天神、菩萨、祖宗保佑平安健康、多子多福、发财致富之类的话语。

供奉好了，就贴对联。母亲端个糨糊盆，父亲拿着刷锅的刷子，从大门开始，先左后右，把糨糊刷上。我手里拿着对联、额幅，递给父亲。他一边刷贴，一边不时提醒我："看清楚啊，不要弄错了！"每贴一条，父亲就用手一点一点地抹一遍，使其贴得更平稳、更严实。

对联该贴的贴好了，父亲赶忙去端回供品盘。

正月初一，天亮后，邻居们开始互相拜年，有的进到堂屋，有的在大门止步，这表明平时的关系亲疏。父亲每见一拨人，都很自豪地重复着那些话："今年的对子都是我家老大写的，今后就不找人了。"真是这样，从那次起，我为家里写了九年春联。后来到了连队，只写过一回，战友们说，词编得有点味道，字写得太一般。这的确是大实话，战友们评价很客观！

我的择婿标准

男大当婚，女大当嫁。女儿上大学后，我就有意识地与她交流找对象这个人生的大课题。虽然她岁数尚小，但我也要未雨绸缪。婚姻美满不美满，重要的是看准人，这是个大学问。我提醒她"从一般交往中看重点，多次来往看习惯，言谈举止重细节，别人介绍供参考"；不要急于轻易流露倾向性态度，不要让外貌、家庭地位、物质等迷了眼、乱了神，女儿家决不能轻易让异性触碰个人肌肤，这个"决口"只有到心甘情愿的地步才能水到渠成。这些话，我认为她是听进去了，也成了她找对象的原则和底线。

到了大学，不时有人给她介绍男朋友，有军队的，也有地方的，有高干后代，也有平民子弟，有老板的儿子，也有老板本人，还有她的同学。她有的见了面，有的吃过饭，但都没有深入接触，直到大学毕业也没给我这方面的信息，我从其他途径也没有听到任何风声。

研究生毕业了，应该去找工作单位了。可是，女儿却改变主意，要去德国读书。这个决定太出乎我的意料，德国哪来这么强大的吸引力？我八九不离十地猜到了原因：只有爱情，一定是有心上人了！

女儿的终身大事，非同小可，必须当面问清楚。晚上我打电话问她，她支支吾吾，算是默认了，并表示回家后当面汇报。我用手机给她发了五条信息，让她看好后抄在本子上，回家时向我汇报：第一，要讲清楚他家、他个人的基本情况；第二，你喜欢他哪些方面；第三，他有什么弱点和毛病；第四，你们今后的打算是什么，你现在就开始认真做功课，列好详细提纲；第五，带几页他写的字，毛笔的、钢笔的都行，最好是抄写一篇文章或诗歌，不少于五百字。常言道，字如其人。

她要去德国之前回家了，先给我们看了男朋友的生活照，然后向我们一五一十地说开了。男朋友的父母是普通工人，特别有孝心，奶奶变成植物人好几年，请保姆不放心，他父亲兄弟俩夫妇便提前退休，一人半年轮换照顾（后来奶奶活到九十多岁，他们照顾了十多年，我专门去看过）。另外，这个小伙子有志向，也有毅力。他考上中国林业大学，不喜欢自己的专业，但坚持读完。他想学机械制造，就到德国留学。他知道德国对中国绝大多数大学文凭不承认，他就计划分语言、德国大学本科、研究生三步，一步一步地学，争取用四到五年工夫拿下。语言过关了，他报考了斯图加特大学汽车发动机设计与制造学院，这个学院报考人数多，难度也大，中途淘汰率高。尽管在德国不用交学费，但他学习期间没回过一次家，空余时间外出打工，最多的是到中国餐馆做钟点工，把赚到的钱寄给父母。小伙子兴趣也很广泛，一米八三的个头，是篮球队主力，会唱歌、打架子鼓、弹吉他。每周他们业余乐队到外面演出，一场可以赚五百元。他经常参与体育锻炼，眼睛也没近视。他还会做饭，南北口味都能做出几道拿手菜。这一条我听得特别认真，会做饭的男人家庭观念强、肯吃苦、人缘好、善计划。女儿讲完优点便讲弱点，也很具体。听完女儿的介绍，我又认真看完她带回的他写的钢笔字，是抄写的一篇名人散文，远远超过了五百字。但我还是觉得，情人眼里出西施，毕竟这是女儿的一面之词。我说："你攻下老爸心里这个山头可不是那么容易的！"

时隔不久，有位转业的老战友出差去德国，我请他代相女婿。他回来说："男孩子真的很优秀，他俩蛮般配的。不过，你老兄也真舍得，准备让独生女儿去国外吃那样的苦！"我说我们哪个不是苦水中泡大的，她们这一代最缺的就是这一课，吃苦太少，毅力不足，补上短板是非常必要的。

有了老战友的考察介绍，我心里踏实多了，但还是要亲自去看看。他研究生毕业了，在找工作单位。这期间他回国，要与我见面。我告诉女儿："明天你男朋友上午十点来，谈好了，我基本满意了，中午留他吃饭，好好喝几杯。若我不中意，你带他去外面吃，今后只作为一般朋友。"开始，我问他答，不一会儿，我们有了共同语言，就某个问题展开讨论，气氛很热烈，不知不觉到了十二点，我喊女儿："拿酒来，今天中午陪你们。"那顿饭就算是我相中了女婿，也觉得女儿眼光不错，把女儿托付给这样的男人我能放心。女儿私下和我说："爸爸，那天上午我好紧张啊，帮妈妈做饭好几次出错了！"

女婿家里经济条件不太宽裕，又有兄弟俩，亲家和女婿都不想办婚礼，又怕我们不同意，亲家专门来找我们商量。我说："婚礼只是一种形式，无所谓，我们结婚也没办。"我建议他们就选在奥运会开幕那天，到领事馆去领结婚证。和奥运会开幕同一天，多隆重，日子又好记。

婚后，他们的日子过得很清苦，女婿四处找工作，没有固定收入，平时靠打零工维持生计，换了几个城市，多次搬家，一直不敢要孩子。直到女婿女儿在纽伦堡落实了工作，才贷款买了一套一百多平方米的房子，女婿自己动手设计装修，环保、实用、简洁。外孙也快三岁了。他们多次邀请我去亲眼看看。我去了后，心里踏实了。他们问我在德国生活习惯不习惯，我说："爸爸是农民的儿子，当兵一辈子，有句口头禅，只要是人能住的我都能住，只要是人能吃的我都能吃。"

因为签证关系，我在德国只能住三个月。这三个月里，看到他们一家三口健康快乐地生活，我很欣慰，心终于放下了。

家风传承靠家长

很久之前我曾看过一篇文章，有这么一段话让我印象深刻："**每个孩子在生命的最初都是一张白纸，关键是父母给他涂上什么颜色。孩子的表现就是父母的影子。**"

已经记不得那是几岁的时候了，父亲生日，好多客人齐聚为父亲庆生。正当众人准备举杯祝福父亲生日快乐之时，父亲端杯起身，走到了奶奶身旁："妈，今天是我的生日，但孩儿的生日即是母亲的难日，所以这第一杯酒，我先敬您，谢谢妈妈当年的辛苦付出才有了今天的我。"当时小小的我，并不能完全明白其中的含义，却深深记住了那个场景、那句话。此后每年我的生日，我都会先敬母亲一杯酒。

某一年女儿的生日，清晨醒来，我亲一口她的小脸蛋，轻声地对她说了句："生日快乐！"她尚未完全清醒，却一伸手搂住我的脖子，迷迷糊糊地回答："谢谢爸爸，你辛苦啦！"我欣慰地笑了，看来经过这么些年的耳濡目染，"不忘父母养育恩"这七个字已不知不觉地刻进了女儿心里了，这大概就是家风的影响和传承吧。

我认真地思考过，究竟什么才是家风。名门望族以文字流传的家规家训也好，普通百姓言传身教的一言一行也好，形式不同，传递的内涵却都一样。家风实质上是一个家庭或者家族传承的内在的精神动力和价值取向，更是成长在其中的每个人立身处世的行为准则。我的父母几十年婚姻相敬如宾，始终恩爱如初，没有过大声争执，更莫提恶言相向，偶尔的分歧也一定能通过沟通和协商完美解决，让我明白好好说话、认真倾听，冷静但不冷漠、温和但不懦弱、坚定但不强硬才是最好的交流方式。自小父母就给我立下数不胜数的规矩：进门先叫人、出门打招呼，见到长辈要问好、回答问题要大方，不在桌上高声言语、不在盘中又挑又拣，不打听刺探、不妄议是非……大大小小、林林总总的规矩曾让我不胜其烦，却最终发现这些规矩对我的成长多有裨益。露天菜场，我将冒雨卖菜的小姑娘所剩的韭菜全部买下，并不在乎家中还有很多昨天才买的，只为能让她不必再淋雨，好早些回家。我曾偷拿家中的零钱去买小零食笼络小伙伴，父母罚我面壁思过，告诉我一不能擅动家中钱财，二不能以这样的方式与朋友交往，唯有真诚的以心换心方能获得最真挚的情感……

感谢父母，用他们的一言一行，为我营造了良好的家风，教会了我生存处世的道理，让我拥有快乐生活的能力。相较那毫无二致的基因、那难分彼此的眉眼，这才是他们给我的最重要的馈赠。

作家马伯庸曾写过这样一段话："一个家族的传承，就像是一件上好的古董。它历经许多人的呵护与打磨，在漫长时光中悄无声息地积淀，慢慢的，这传承也如同古玩一样，会裹着一层幽邃圆熟的包浆，沉静温润，散发着古老的气息。古董有形，传承无质，它看不见，摸不到，却渗到家族每一个后代的骨血之中，成为家庭成员之间的精神纽带，甚至成为他们的性格乃至命运的一部分。"我会将父母传给我的好家风继续传承和延续下去，希望有一天，当我的孩子受到称赞和认可时，他们能骄傲地回答："从小爸妈就是这样教我的！"

第二篇
———

兵哥哥

入 伍

一九七二年十月，我在湖北省金属公司工作刚刚一年，各方面都很顺利，领导也很信任我，让我担任公司团委副书记兼宣传部部长，还让我负责最贵重的金属物资如金、银、锰、铝等的保管工作。这时候，我正好又升到了二级工，每个月能拿到三十六元钱。

到了月底，我们公司所在街道武装部动员适龄青年报名参军，征兵对象主要是应届高中毕业生和单位青年工人。金属公司的征兵指标是四人，却有十六名适龄青年积极报名应征，经过政审、体检等筛选，符合条件的有十人，我是其中之一。

当时，因为我的工作比较出色，金属公司不太愿意放我走，可接兵干部又非要我不可。这个接兵干部在部队是炮兵营营长，湖北恩施建始县人，名叫刘大贤，侗族人。

他就去找我们公司党委书记、总经理，当着我的面说："小陶我是要定了的，其他三个人，你们给谁我们就带谁！"公司领导都看着我，盼着我说出"不愿意"三个字来。

我内心的确非常矛盾，思想斗争也很激烈。好不容易从小山沟到了大城市，工作称心如意，待遇也很好，领导也很器重。如果去当兵，一个月才六元钱，一下子少了三十元，经济账是没法算的，更何况我的家庭是很困难的，还欠生产队几百元钱，几个弟妹上学还要花钱。当时三十元钱能办好多事，有大用处。我真是有点犹豫不决。但当我看到刘营长期盼的眼神时，心中的天平一下子倾向了军营。我是适龄青年，参军入伍、保卫祖国是应尽的义务，不能平时总是说"革命青年是块砖，工作需要任党搬"，可到了关键时候就拨弄个人的小算盘，打退堂鼓。再说，男子汉，能当一次兵，也是一大幸运。机会也是难得的，接兵干部更是情真意切，打动了我。于是，我咬咬牙，斩钉截铁地说："我愿意去当兵！"

公司领导看我决心已定，只得说："那好，那好！"

第二天，公司给我们四个人放假三天，让我们回去和父母及亲朋好友告别。

他们三个人都走了，我没有回去。一是家里困难，回去要花钱，第一年春节我也是留下来值班的，为的是把省下来的钱寄给弟弟妹妹交学费。

这三天我哪里也没去，和往常一样在公司里上班。真是恋恋不舍，看到什么都很亲切，见到谁都想落泪。

一九七二年十一月十九日，是我到金属公司一周年。也就是这一天，新兵启程。

这天晚上，公司领导欢送我们，先合影后宴请。我一口饭也吃不下，心想：当兵是要打仗的，万一光荣了就再也回不来了！

晚上八点，火车开动了。别人都有家人相送，唯独我的父母家人远在大悟，还不知道我要去当兵了，我不禁喉头发硬，眼睛湿润了。我赶紧往"闷罐子"车里面钻。

二十一日凌晨，我们在河南省商丘站下了火车，又换乘汽车，一个多小时后车停了下来。顺着路灯我看到一条"热烈欢迎新战友"的横幅。带新兵的杨班长告诉我，这是第一军第二师炮兵团二连。

后来才听说，是带兵的刘营长专门交代把我分到二连的。因为二连指导员庄正祥厚道实在，很爱才，而连长郭玉武是全团最年轻的连长，才二十四岁。

第二天上午，连队干部、新兵排长分别来看望我们。班长教我们整理内务、叠被子、写家信，我没忘记给金属公司的领导写信报个平安。

这时，一起入伍的新战士李瑞林（甘肃静宁人）、马录学（甘肃静宁人）、任贵州（河南栾川人）、石永东（四川合川人）找到我，说他们没读过书或识字不多，请我帮忙替他们写家信。于是，我按照他们的意思代写，都是些大同小异的内容。

可轮到李瑞林的时候就不一样了，他说他已经结婚了，参军走的时候老婆已经哭晕了，让我多写一些好听的话安慰安慰，让老婆不要担心。

我就写了：在部队里吃得好、住得好，干部对我们照顾得也很好，等等。写好了就念给他听，直到他满意了，我才把信封好，在信封上写上地址。他亲手放进邮箱，看了看邮箱是不是好的，又停了一会儿才离开。

晚饭后，他们四个又找到我说："陶正明，今后你教我们认字学文化吧！"我说："那好哇！"

领章和帽徽，是复查身体后才郑重颁发的，同时还发了第一个月的津贴费六元。

杨班长带着我们到商丘县城照相馆照了两张相，一张是坐着的，一张是站着的，准备寄给亲朋好友。

李瑞林说："我的先各洗三张，寄给父母一张，寄给老婆一张，自己再留一张。"我们这些光棍汉听后都笑了。

我到新华书店买了一套范文澜编写的《中国通史》，买了一本《新华字典》，还到文具店买了几支铅笔、几本稿纸，准备送给四位不识字的战友学习文化。

我们这个"文化学习小组"从入伍初期就开始活动了。新兵训练结束后，我们这些新兵就正式分班了。

很巧，我们都分到了同一个排，住在同一个宿舍，学习起来就更加方便了。后来，我们才听说是连长、指导员有意这样安排的。

新兵训练结束了，我正式分到老兵一班。班长刘云贵，是河北省玉田县苏各庄公社人，当兵前当了三年的大队书记。部队用的是上下两层的床，他睡下铺，我在上铺。刘班长工作很有点子，嘴巴也很会讲，对我的帮助挺大的。

我们团四个营，一个营一种炮，我们一营是一二二榴弹炮。一门炮八个人，班长、副班长各一，剩下六个人，一炮手是瞄准手，二炮手是装填手，三、四炮手是大架手，五、六炮手是弹药手。

最累的是三、四炮手，两根炮架有四百多斤重。火炮用东风汽车牵引行进，到了占领阵地和撤出阵地时，全靠八个兄弟扛着、提着、抬着、推着，前进、后退、左转、右转。

有一个顺口溜是这样描述的："班长一声令下，三、四炮手扛大架，五、六炮手提提把，还有两个顶轮卡，出发！"

后来听说，我们这批分到炮兵团的四十九名武汉新兵，要么到汽车班，要么到指挥排学侦察及计算、有线电话和无线报务。唯独我一个人分到炮班，还当了最苦的四炮手，我心里就有些想法，脸上也表露了出来。

刘班长就找我说："陶正明，让你当四炮手是连长和指导员的意思，准备让你当连队的理论骨干和文化辅导员，帮文盲战士学文化。下一步，连队还要培养你，让你去炊事班做饭、养猪，到各个艰苦的岗位都去体验体验，锻炼锻炼。"

听了班长的一番话，我渐渐想通了，也弄明白了，原来这是连队干部有意识地把我放在艰苦的岗位上培养我、锤炼我。

我从小就养成了早起的习惯，到部队后，我每天都比其他战友早起个把小时，要么到俱乐部看书，要么到菜地劳动。星期天不是替战友站哨、到炊事班帮厨，就是帮战友洗衣服、教战友识字。我还每天坚持写日记、写读书体会。

当兵第一年，我就通读了《毛泽东选集》（四卷）、《中国通史》和每期的《解放军文艺》。

我通过学习和阅读军史资料，知道了我们一军是一支大名鼎鼎的王牌军，是贺龙元帅亲手创建的老部队。红军时期诞生于湘鄂边的红二军团，抗日战争时期是一二〇师三五八旅，解放战争时期是席卷大西北的"天下第一军"，打过许多大仗恶仗，参加过抗美援朝，涌现出贺炳炎、廖汉生、余秋里、黄新廷等诸多著名的开国将军，闻名全军的"红军团""百将团""硬骨头六连"，都来自这支英雄部队。

在这么一支有传统、有荣誉的响当当的部队服役，我很自豪，下决心一定要好好干。

有一天早上，我去菜地干活，看见路上有一堆新鲜牛粪，还冒着热气，正好离我们菜地不远。没有合适的铲具，我就用手捧到菜地，来回好几趟。谁知这事被早起锻炼的龚副团长看见了，他问我是哪个连队的、叫什么名字，我一一回答。

没想到，早晨广播里居然就播出了"二连新战士陶正明用手捧牛粪种菜"的新闻，很快连队黑板报也登了这件事。晚点名的时候，连长还表扬了我好几遍，弄得我很不好意思。

有时候，领导越是器重你，你就越有压力，要干更多的活，身心也更累。

这期间，我还放弃了一次调回武汉的机会。

一天上午，团里突然通知我到军务股保密室去一趟，我不知道什么事，就跑过去了。

两个干部上下打量我，问了一些情况就让我走了。

当天晚上，指导员找我，说是武汉军区一位副司令员想挑个公务员，派人下来找，两个人见到我后向首长汇报了，首长听说我学过中医、会推拿，很感兴趣，指定调我去。

我当时很想回武汉，但又不好意思说出来。这时指导员说："你在连队干得挺好的，我们也舍不得你走，但我们不能说不让你走。你自己可以跟他们说，刚从大城市来，想到基层好好锻炼锻炼。"

后来，我不知道指导员是怎么向上面汇报的，就没有了消息。

等了几天，听团里军务股保密员讲："小陶，你真傻，回武汉给大首长当公务员，肯定比在连队有出息得多。"

我一个新兵，该说什么呢？连队事情多，过几天我也就把这件事给忘了。

到了十一月份，我们部队摩托化行军拉到河南省禹县训练。那天正在听"硬骨头六连"张连长作报告，李锋排长把我叫出来，说团里通知我去接新兵，让我赶紧整理东西，马上坐车回团部。

回到团部立即开会，我被分到河南新兵团任营部书记，负责信阳地区商城、固始和驻马店几个县的征兵工作。

商城县是革命老区。那天我到余河公社走访一个新兵对象，山高路远，足足走了一上午，午饭后马上找小队、大队干部座谈了解情况，又到新兵家里走访，还到左邻右舍询问。

太晚了不能赶夜路，我就住在了老百姓的家里。大队民兵连连长还抽调了几个民兵站哨，保护我的安全。

　　第二天早上我知道这件事后十分感动，我说一个小兵不用辛苦大家。民兵连连长却说："你是解放军，是老百姓的心头肉，在队伍上天天为老百姓保安全，到了我们村我们就要绝对保证你的安全，我们必须为你站岗放哨。"

　　听了这话，我忽然懂得了很多道理，解放军在老百姓心里的分量竟然有那么重，老百姓对解放军的感情竟然是那么深！

　　这件事我一直牢牢记在心里，我们虽然只是普通的战士，但代表的是军队和党的形象。

　　接兵回到团里，年终总结结束了，刘班长告诉我团里树立我为学雷锋标兵，记三等功一次，要求我今后更加谦虚一些。

　　晚上放电影，前面放了一段我学雷锋的幻灯片。我低着头很不自在，不知道画得像不像。

　　不久，连队又让我担任一班副班长。后来，指导员找到我说，党支部研究确定我为党员发展对象，要求我再认真学习一下党章，对照一下看看自己还存在什么问题，以便讨论我入党时我能对党章有基本的认识和理解。

　　不巧，没过几天，我突然发高烧，到师医院住院。经检查是肺炎，需要输液，起码要一个星期才能恢复。

　　当天晚上，部队在操场上放电影。值班女护士小刁与我商量，她把输液瓶挂好去看电影，过会儿就回来。

　　我烧得厉害，迷迷糊糊答应了她。谁知她去看电影，竟然忘了我在输液这回事。等她看完电影回来，针头早掉了，药水和血水流了一床。她吓坏了，央求我不要告诉其他人，还送了我一瓶罐头。我说罐头我就不要了，这件事我不会和别人说的，就说自己不小心弄掉了。她听后非常感激。

后来听说，她是一个副师长的千金。

第二天，刘班长到医院看我，并说这个星期五是党日，要讨论我入党，李排长和他担任我的入党介绍人，只剩三天时间，如果不出院，这次错过了机会，就要等到下半年了。

我一听他的话，"咯噔"一下坐了起来，连忙喊小刁护士把输液管拔了，说连队有事要出院。随后，我和刘班长一起见了主治军医，开了几天的药，办了出院手续。

回到连队，正赶上烧砖营建，拉架子车运土。由于高烧未退，身体虚弱，干活的时候我眼里直冒金星。我就加大剂量吃药，多喝水，硬撑着和大家一块装土、推车。

可能是劳动出汗多了，又喝多了水，病就一天一天好起来了。

星期五下午，连队党支部召开党员大会，讨论我的入党申请。十几个党员先后发言，给我提了很多意见，有的说我骄傲自满，走路时脖子都一晃一晃的；有的说我对辅导战士学文化不耐烦，有的甚至说我入党动机不纯、考察时间太短。那些批评火药味真浓，有的话像针扎似的，刺得我脸上火辣辣的。

我老老实实坐那里听着、记着，大家发言完了，大会表决。

那时讨论入党时入党对象可以在现场。十七个党员，十五票同意、两票反对，投反对票的都是一个地方的，一个副连长，一个副指导员，都姓郭。到部队后我就听说老乡观念严重，开始还不大相信，自从经历了这件事，我算是真心领教到了。

少数服从多数。尽管我的入党申请通过了，但那次会议使我记忆犹新、受益终身。

那时候的批评和自我批评，才叫"武器"，真是解剖人思想和灵魂的手术刀。

一九七四年四月下旬，我们到河南确山县刘沟靶场进行实弹射击训练。

二十九日晚十点多，夜训结束撤出阵地时，新驾驶员倒车刹车没踩实，车向后滑，火炮后移，我的腰脊椎被撞裂，当场昏迷。

我醒来时已是第三天了，躺在驻马店一五九医院骨科三十三床上，看到了我的父亲、母亲、妹妹和小弟。妈妈看见我醒了，一只手抚摸着我的头说，快吓死了，几天几夜没声音，干脆跟领导说说，不要当兵了，跟他们回去。还是父亲见识多，他说干什么都有磕磕碰碰的时候，今后小心点就行了。我醒过来了，他们就放心了。第二天，他们便走了。

团里卫生队周医生说，我当时很危险，送到医院来抢救时，医院要求给家里人发病危通知书，家人才赶来的。

我在医院住了四十多天，部队训练结束要返回商丘营房了，我就出院，回到连队随部队行动了。

细品站哨的滋味

当兵就是为祖国人民站岗放哨。这话包含着许多深意，真是沉甸甸的。我究竟站了多少次哨，是记不清的，但有几次印象格外深刻。

头一回站哨，是新兵训练的第二个月，站哨是其中一个训练课目。第一次是站团大门哨。入伍后天天从大门出出进进，我看见老兵站在那里腰板笔直，手持半自动步枪，枪上刺刀闪闪发亮。他们平时成稍息姿势，见到进出的穿四个口袋军装的军官和吉普车，马上成立正姿势，行注目礼。我很是羡慕。那天我是陪哨，有一个老兵带哨，我很兴奋。老兵站大门左侧，我站右侧。开始半个小时姿势还挺正规，后来全身都不太舒服了，腿有些僵硬，持枪的右手发酸发麻。好不容易把一个小时坚持下来了，老兵说："站哨的滋味尝到了吧，这还是白天，没有什么情况呢，而且这里是中原大地，不是边关哨卡，你才刚开了个头，时间还长着呢，站岗放哨四个字滋味可不好受啊！"我听着还是一知半解。

后来我渐渐地明白了。我们是炮连，有指挥排和两个炮兵排。新兵训练结束后我分到炮兵排，指挥排外出训练了，加上休假、出差、生病的同志，留下来的只有二十多人。连队有两个哨位，一个人平均白天、晚上各站一班哨，一班哨一个半小时。白天还好，夜哨可就有点难过了。白天忙了一天，晚上站哨是额外任务，尤其是半夜第三班哨。第一班、第二班哨，从九点半到十二点半，再下来就是第三班哨。九点半吹熄灯号，人躺下刚睡着，十二点一刻叫哨的来了。真是一百个理由不想起床，但一想到军人的职责就咬着牙爬起来，穿戴整齐，背起钢枪走向哨位。这班哨一周要轮到一次。站这班哨往往折腾得通夜睡不安稳，最开始是心里总惦记着要站哨，下哨后又躺在那里好久合不拢眼，夏天被蚊子叮，冬天被子凉身子冷，好长时间暖和不了。

有次站哨更是让人胆战心惊。部队外出训练，出了事故，一名战友被撞身亡。部队要继续前进，领导指定我留下站哨，看护遗体，等候处理。死者头被撞破了，内脏也有几处出血，流在柏油路上，身上盖一张凉席。正值夏天，苍蝇成群地飞来。突然，来了两条狗，直向遗体扑来。我一看这架势，两腿发软，不停地颤抖，身上大出冷汗。狗是老百姓养的，尽管手中有枪有子弹，但也是不能开枪的。我只好把枪当木棍用，左挡一下右扫一下，一心只想不能让遗体再受伤害。幸好处理事故的人及时赶到了，我一见到他们，一下子坐在地下，手脚抖得更厉害了，他们问我的话我一句也没听清，嘴巴张着就是发不出声音来。过了好一会儿，只听有个人说："这个兵吓得够呛，幸好我们及时赶来了。"

有了那次经历，我才理解什么叫恐惧。后来到云南老山前线，我下部队了解情况，听说有的新战士害怕夜间站哨，干部随意给其扣上"怕死"的帽子，不分青红皂白地批评训斥。有个指导员叫钱富生，他是第二次上战场，很有经验，也有一套做法。新战士小韩是独生子，在家连杀鸡都不敢看，上了阵地被派去站夜哨，他说害怕不愿去。钱富生了解后，在连队军人大会上讲，畏惧是人的正常心理反应，新战士由于经历的事情少，心理反应强烈是正常的，这有一个过程。干部骨干要耐心地开导、帮助，让其慢慢适应战场环境。第二天又轮到小韩站哨，钱指导员全副武装，来到小韩身旁，说带他一块去站哨。小韩跟在钱富生后面，一步一步地走向哨位。钱富生一连带着小韩站了九次夜哨。下哨回来，小韩对钱富生说："指导员，谢谢你，我不再害怕了，下次不用你陪了，我一个人来站。"小韩说完扑在钱指导员怀里哭了起来。战后总结时，钱指导员所在连完成任务出色，人员伤亡也最少，八个独生子一个不少地全带回来了。连队官兵反映钱富生同志兵龄长，多才多艺，吹拉弹唱全会，把战场文娱活动开展得丰富多彩；作战中他智勇双全点子多，经常出其不意，以奇制敌，事迹特别突出。经层层推荐，他被中央军委授予"英雄指导员"荣誉称号。

第二次立功

一九七四年，全党、全军正在开展"评法批儒"运动。武汉军区要组织"小战士上大讲台"比赛活动，要层层筛选，一个军挑选出一个优胜者到军区，给军区首长和机关干部作报告。以防万一，选出一个正式的，几个预备的。

我们团挑选了四名战士到师里去比赛。题目自己定，资料自己找，讲稿也自己写。

他们三个去商丘市委宣传部找材料，我就跑到商丘中学去找。

碰巧有个姓梅的女老师的父亲是刚从广州军区转业的，在文化系统工作，喜欢买书藏书。我就到他家向老前辈说明来意，他说这就跟打仗一样，要出其不意、出奇制胜。

他给了我一本广州出版的书，我拿回来悄悄翻阅，其中有一篇是讲太平天国的妇女不裹脚、不信神，做事像男人，风风火火的故事，于是我就写了《太平天国的反孔女战士》一文，由于题材新颖奇特，尽管我家乡口音重，普通话说得不好，在团里、师里、军里比赛，还是一路绿灯，都被选中了。

到了武汉，我住在东湖国宾馆。军区政治部宣传部的同志把稿子改了又改，让我反复练习演讲。

正式开讲那天，几个军级单位一共五名战士，四男一女。站在主席台往下一看，杨得志司令员和军区其他首长坐在第一排，我就在心里暗暗给自己鼓劲：一定要讲好，可不能丢脸！果真不负众望，大家都讲得很好，从首长的表情和掌声就能感觉得到。

演讲结束，首长登台接见我们，一一握手照相。

第二天，武汉军区《战斗报》刊登了《小战士台上讲，军区首长台下听》的消息，接着我们又到其他部队巡回作报告。

那时候，部队领导特别重视新闻宣传工作，军政治部有专职新闻干事，师、团、营都有报道组，连队还有报道员。要求每个连队每年都要登报纸、上广播，年底要排出名次，张榜公布，挂在宣传橱窗里。如果新闻报道"剃光头"，连队干部既没脸面，还要挨批评。

一九七三年，我们连队就是"剃光头"的。

一九七四年六月份，军宣传处李干事下到我们连任指导员，特别重视宣传报道，抽了三个人，让我负责。他也很内行，经常和我们一起研究稿件和写作方法。

开始，我们写了几十篇稿子，都石沉大海、杳无音信，但李指导员一直给我们打气鼓劲，我们也信心满满地坚持写。

到了年底，我写到第九十八篇时，武汉军区《战斗报》、《河南日报》、河南广播电台等媒体接二连三刊登、播发了我们的稿子，一共四篇：《团长为我来理发》《治病又送宝》《睡在花生炕上，不吃一颗花生》《今天握锄把，不忘明天拿枪杆》。

这四篇稿子都是我写的，三家新闻单位重复计算共九篇，在团里、师里都名列第一。

按照团里的奖励规定，在省级以上媒体登稿一篇给予表扬、两篇给予嘉奖、三篇记三等功，重复的只算原稿。

团里直接拨了一个立功指标，让连队党支部讨论并上报团里给我记三等功。

这下连队像炸开了锅。有的说陶正明去年就立了功，今年又立功，功劳不能让他一个人包了。有的还拿一篇稿子说我写卫生员动机不纯，利用治病机会和女青年"挂钩"拉关系。卫生员矢口否认没那回事，也埋怨我不该把那件事写出来，好长时间不与我讲话。

当时，连队干部的思想也不够统一。当天下午党支部开会，晚上召开军人大会，李指导员说："报道组的同志很辛苦，经常加班加点写连队的好人好事，登了九篇稿，很了不起，记三等功是团党委的决定，是作为单项立功，与先进模范不一样。"这样一解释，大家明白了，气也慢慢消了，不再嘀嘀咕咕了。

果然，团里召开年终总结表彰大会时，宣布立功的个人中并没有我的名字。隔了几天，李指导员把三等功证章、证书和喜报私下给了我。

不久后，李指导员告诉我，师里通知我到师读书班报到。

到了读书班才知道，参加"文化大革命""三支两军"的干部陆续从地方上返回了，一个单位有好几个同级别的干部，没法工作，只好把他们集中起来办读书班学理论。

这些干部有团、营、连级，岁数从三十多岁到四五十岁，文化水平参差不齐。住房是四团临时腾出的一栋房子。读书班两个月一期，一期三十多人，基本上是四个团加师直属队，一个单位一期，主要讲马克思、恩格斯、列宁和毛主席的原著。教员以干部为主，另外抽调了四个战士，除了我，其他三人都是干部子弟，有河南省委书记的儿子，还有部队领导的孩子。他们见多识广，能说会道，我与他们相差甚远，连普通话都说不好。

但能吃苦、肯干活是我的强项。当时分给我的科目是讲《国家与革命》，要先备课试讲一个月，然后正式上课，每堂课讲两个小时。

我除了天天找资料、请教老教员外，还经常到学员中去找老师，请他们帮助我。空闲时间，我就帮这些干部跑腿干些杂活。

这门课的讲稿，我不知道改了多少遍，也不知对着墙壁、对着镜子试讲了多少遍，可以说是滚瓜烂熟。

正式上课那天，我先把大小标题用粉笔工工整整地写在黑板上。等大家坐好后，我走向讲台，给大家敬了礼，开口说："各位首长，今天由我和大家一起学习革命导师的著作《国家与革命》，这是我第一次上讲台，讲得肯定不好，请各位首长原谅，批评指正。"

接下来，我站在讲台上一口气讲了两个多小时。下午讨论，我一个小组一个小组去征求意见，大家反响还不错，我心里的一块石头总算落了地。

在读书班，为了增强学员们的感性认识，在每期之间二十天的准备时间里，师领导还组织我们到焦裕禄工作生活过的兰考县，以及林县红旗渠、新乡七里营大队、郏县广阔天地大有作为人民公社、"小车不倒只管推"的大队书记杨子才家乡参观。

由于部队换防，我只在读书班工作了八个月。

这八个月，我系统地阅读了马克思、恩格斯、列宁和毛主席的部分经典著作，特别是政治经济学、马克思主义哲学和科学社会主义的内容，积累了一定的理论基础。同时，我也从学员身上学到了如何读书学习、做人做事的许多好方法。

八个月虽短，但收获不少！

我用筷子"喝"茅台

我当兵近四个年头时，连队批准我第一次休假。我穿着干净整洁的士兵服，背着军用挎包，里面装着牙具、一套衣袜、两本书，从上海十六铺码头登上开往武汉的大客轮。尽管睡的是大通铺，但回家的喜悦仍然溢满全身。

上船不一会儿，我就听到广播里喊"各位旅客，晚饭开始了，有需要用餐的请到船后舱三层食堂去"。我看了看手腕上从司务长那里借来的半钢上海牌手表，下午五点整。我从挎包里拿出军用瓷缸和筷子，跟着人群挤进食堂排队买饭菜。好不容易挤到窗口，我发现右边挂着的小黑板上，写着多种酒和小咸菜的名字和价格，最上面是茅台，一斤瓶装十三元，一杯一元。我很好奇，问一杯多少量，售货员说大约七钱。茅台酒，从未喝过，什么味道，要不要尝尝？最终我决定过把瘾，买一瓶要花掉两个月的津贴，真舍不得，那就买一杯吧！我小心翼翼地把一杯酒倒进缸子里，端着盛满饭菜的塑料碗，回到客舱，坐在自己的铺位上开吃了。

我先用鼻子嗅了嗅缸子里的酒味，又香又辣，直冲鼻腔，头好像也有点晕了。不该买的，有点后悔，倒了又可惜，怎么办？我吃了几口饭菜，就用筷子在缸子里蘸蘸，放到舌尖上舔舔，尝出酒里的苦味了。不管酒的味道再怎么刺鼻，为了不浪费，我只好用筷子蘸着酒，一点一点地"喝"了下去。

除了吃饭的时候，平时坐在铺位上，我一边看书一边用筷子蘸酒喝，没想到产生了意外的效果，既排除了船舱嘈杂的干扰，又驱走了阵阵来袭的睡意。茅台酒浓浓的香味，也引起了同舱人的好奇，喝酒没有杯子用缸子，不到开饭时也饮酒，他们觉得我特别有趣。有人大胆问我，你们当兵的是不是酒量特别大？我笑了笑，如实说了，他们听了都跟着大笑起来。

从上海到武汉是逆水，需要六七十个小时，在船上吃了八顿饭，尽管我用筷子不停地蘸酒喝，但缸子里还剩了很多。最后一顿是早饭，我买了稀饭、馒头和咸菜。我决定把剩下的酒喝光。我先把馒头吃下去，将稀饭和咸菜倒进缸子里，再用筷子把酒和稀饭、咸菜搅和在一起，咕噜噜一口气喝了下去！不一会儿，酒劲上来了，我全身发热，有种轻飘旋转的感觉。等广播响起"各位旅客，武汉关码头到了……"的声音时，我突然感到眼睛格外亮，神清气爽。我正了正军装，背起挎包，随着人流下船了。

战士午休不是小事

一九九二年夏天，我当时任陆军第一集团军政治部组织处处长，到某部八连蹲点，住在一班，我睡高低床的下铺，上铺是副班长小胡。第二天午饭后，我和炊事员聊了一会儿天，回到排房准备午休，进门一看，一个人都没有。他们都到哪里去了，怎么不午休呢？

我出了门去找他们，走到路边上，恰好碰到连队通信员取报刊信件。他问我需要什么，我说找一班的同志。他说一班长带他们到礼堂菜地边开会去了。我心想，出了什么大事影响大家午休？我让他带我去看看。

一班长见我来了很惊讶，紧张地下了起立口令。我问："从昨天开始我就是咱一班的一员，要同甘共苦，有什么事瞒着我呢？"我请大家坐下，班长一开始支支吾吾，后经不住追问道出了缘由。当天是连队擦拭武器日，上午擦好了，班长看还有点时间，就组织积肥。小胡带另外两个战士，拉着架子车到处找，好不容易在家属房找到了一堆生活垃圾，正要往车上装时，突然有人在远处大声吆喝："那是我找到的，一会儿我们班会来拉的，你们不能动!"小胡一看,是七连六班的新兵李龙,只有一个人,又没带车子,就不理他那个茬,继续一人扶着车,两人往车里装。小李急了,上前按住小胡握铁锹的手,连声叫:"这是我们找到的,你们不能动!"小胡一气之下推了小李一把,因用力过大,把小李推倒在地。小李爬起来跑回连队报告了班长,班长报告了指导员,指导员又跟八连指导员讲了。指导员和连长很是生气,在领导蹲点到连队时出洋相、捅娄子,留下不好的印象。他们就想利用午休时间开个班务会,让小胡作检查,大家批评帮助,同时表表态引以为戒。小胡刚发言我就去了。

他们都让出小板凳请我坐,我看旁边有块石头,坐上去,说:"谢谢大家,夏天坐石头也凉快。看看,你们把我当外人了吧,开班务会也不通知我参加。"了解了事情的经过,我也发个言,说小胡爱连队的精神很好,值得大家学习。但小胡动手是不对的,今后注意就行了。这也说明小胡身体棒棒的,推人用劲太大了。大家都笑了,小胡笑得脸更红了。我接着讲:"这件小事用不着耽误大家午睡。从根源上找原因,是我来了,给大家添了压力,我也说声对不起,都快回去休息吧。我建议,今天班长带着小胡到七连去,把小李和他的班长叫上,当面认个错、道个歉,请他们理解原谅。"我问班长愿不愿意,他说很愿意。大家的不快烟消云散,回连队路上有说有笑。

午睡好了,我又去找指导员,对他讲:"作为连队主官、政治干部,处理问题要分清主次大小、前因后果,不要人为地制造紧张气氛,动不动就开会,一人有病大家吃药。再说,随意不让战士休息是侵占战士权益的行为，可不是件小事情。这样的事基层经常发生，你们党支部一定要认真严肃对待。"指导员听着听着，脸色沉重了："首长把基层的病因穴位捏准了，我们一定会举一反三，好好改掉习以为常的错误的认识和工作方法。"

年底，老兵退伍了，小胡继续留队。他请假来看我，除讲了感谢之类的话外，还委婉地提了一个个人想法，说连队党支部要把他作为班长候选人，他不太想当，恳请我帮他弄个学驾驶员的指标，这样退伍后便于找工作。虽然小胡提的要求并不过分，对于我来说也不太难，但这关乎部队风气建设。已经到了吃午饭的时间了，我就带着他到食堂吃饭。

饭后我俩又到办公室，接着饭前的话题继续聊。我先开玩笑说："小胡，我在班里时，谢谢你这个副班长的正确领导和关心关照，谢谢你大老远跑来看望我，把真实想法告诉我，证明我们感情不一般，你信任我。我就说说我的建议，供你参考，一共三句话。一是司机和班长哪个岗位重要？开车只是人的一种生活技能，而班长是兵头将尾，可以学到很多领导技能；学开车今后机会多得很，当班长可是过了这个村就没有那个店了，机不可失呀。第二句话，当司机你是找我这个老关系的，背后别人会议论你的，当班长却是你自己凭素质被组织看中的，战友佩服，你也自豪。第三句话，人要善于'能其所强，得其所力'。我知道你在军事训练上顶呱呱，你当了班长后可以大显身手，争取个人和班集体都拿到优等，或当上标兵。学驾驶还要从头开始，看师傅脸色，以你要强的性格可能会难受的。"我说完，小胡"腾"地站起来，边敬礼边说："谢谢首长开导，我懂了，请您放心，小胡我不会让您失望的！欢迎下次再到连队来指导。"

第二年年终总结时，小胡个人在团、师军事训练考核中夺得第一名，他带的班被师评为先进班，他个人还入了党，立了二等功。在迎接上级组织的先进典型报告团时，我与小胡又见面了。我说："小胡班长，祝贺你，我为你感到骄傲和自豪。"小胡拉着我的手激动地说："去年您的三句话，我回去后，都记在日记本上了，特别是'能其所强，得其所力'那八个字，我几乎天天看，认真悟。等我今后回地方，我要找个书法家写出来，挂在家里最显眼的地方。"

小胡退役了，地方政府根据他在部队的表现，给他安排了合适的工作，他自己也考到了驾照。这些喜讯都是他来信告诉我的。

上前线

一九八四年年初，总政组织部青年处（正师级单位）借调我去工作。但因当时总政机关在"整党"，暂时停止人员调动，说等"整党"结束后再正式办理行政、供给和组织关系等人员调动手续。

五月份，团中央决定在黑龙江省开展借鉴整党经验、加强共青团建设的试点工作。总政也学习借鉴团中央的做法，在沈阳军区第二十三军部队抓试点，先由青年处冯副处长带队，组成了一个五人工作组到二十三军进行指导，我有幸成为其中一员。后来，总政组织部李部长也到点指导。我到青年处报到后，除了开会，很少能与部长见面，更没机会交谈。

七月十四日下午，部长秘书突然通知我："小陶，李部长让你去他那里。"我感到既惊奇又紧张，不知什么事。我跟着秘书从二楼上到三楼，走到部长宿舍门口，秘书敲门让我进去，我就走进外间会客室。李部长慈祥可亲，他让我坐下，还让公务员给我倒水。

我坐下后，从口袋里掏出钢笔和本子，准备记录部长指示。

李部长摇了摇手，说："不用记了。小陶，你是我们从全军选出来的优秀组工干部，到部里工作这段时间也很努力，你们处里多次反映你表现不错。要不是赶上"整党"人员冻结调动，我们早就把你的调动手续办好了。你现在档案还在一军机关。前几天，中央军委决定你们军到云南前线。你们军政委上午和我通了电话，说暂时未考虑你，征求我们组织部领导的意见后再定。我想还是先听听你的想法。"

部队要去打仗，我真是既震惊又兴奋！我两眼看着地面，陷入两难。从个人发展来讲，三十来岁，已当了军组织处副处长，刚调到总政机关，有利于学习提高、开阔视野，发展平台也大，的确很难得，真是舍不得。但是，老部队毕竟是要去打仗的，和平年代军人能碰到战争，能真枪实弹地干一仗，更是机会难得。再说，如果不去，别人会怎么看我？也许会留下终身遗憾。

我决定回部里、上前线。想好了，我就把我的想法原原本本地对部长说了。李部长说："小陶，你想得很对！从我们内心讲，你是个好苗子，又刚来，干得也很好，我们真是舍不得。但部队要去打仗，和平时期军人能上战场，那是一种幸运，我支持你。我马上同你们军政委通电话，把你报上去。晚上我们为你送行，十点多钟的火车，明天回北京，清理一下物品，让秘书通知部里把你返回的火车票也订好。"我站起来，给部长庄严地敬了一个军礼，部长握着我的双手，眼里也噙着泪水。我懂得从战争年代走过来的老军人此时的心情，像送别自己的儿子一样，既兴奋又担心。

晚饭时，组织部的七名同志，加上二十三军政委、政治部主任为我送行。李部长担心我喝多了，只给我倒了一小碗酒，大约二两，整顿饭我就喝了这么多酒。晚上九点，部长指派两名干事送我去车站。在招待所门口临上车时，李部长又拉着我的手说："小陶，回去问你军里首长好，问你家里人好，到了前线告诉我们。祝你们凯旋，你要多保重啊！"我钻进吉普车，再也不敢回头看部长和同事们。

第二天下午，我回到了北京，我自己住，没有太多的物品需要整理，到临时宿舍拿了东西，又到办公室把可能用得上的几本资料带上。部里的同事说火车票没订上，我说不要紧，到火车站再买。到了火车站，因是临时购票，没有买到座位票，上车后就一直站着。

七月十七日下午四点多钟，我在无锡下了车，看到车站里军车来来往往，军人匆匆忙忙，一打听，原来炮九师也要去前线，十六团先走了。我用炮九师驻车站指挥部的电话，联系上了老处长、炮九师政治部蔡秀权主任，简单地向他作了汇报。他马上派来一辆大卡车，送我回湖州军部。

后半夜，我回到军部的家，敲开门。妻子开始大吃一惊，马上便明白了我为什么赶回来。她一直以为我调走了，不用上前线的，现在不用问，情况有了变化。她抱着我号啕大哭，女儿也爬起来跟着哭了。

第二天一早，我去找军政治部石主任报了到，吃完早饭又回到处里。处里人员分成了上前线和留守两部分。留守的施干事把需要准备的物资清单给了我一份。一会儿又接到通知，嘉兴地区党政军几套班子来军部慰问送行，让我参加接待。我就让施干事把清单送给我妻子，让她帮我做物资准备。她除了从后勤部把军用品领回来，还到湖州市商店去买了许多日用品。她平时不让我抽烟，这回一次就买了四条红双喜。她知道我抽不完，会把烟分给战友。后来，她按月给我买四条，有时托人带，有时邮寄。她说知道烟抽完了她心里才踏实。

七月十九日上午，军里组织赴前线人员召开出征誓师大会，首长动员讲话，传达作战命令，各部代表发言。会后要求大家写遗书，写交代事项。我们咬破指头，用血写下遗书两字，其他具体内容用钢笔写。这个时刻极为神圣，又很壮烈。那时我没有存款，也没有值钱的物品。我想了想，只有父母、妻子、女儿要作交代，我就在遗书上面写下三点：一、父母请弟弟、妹妹代我养老送终；二、妻子是人家的，趁年轻早点改嫁；三、女儿是国家的，请政府负担，交她爷爷奶奶抚养成人，一定要考上大学。我看大家写得都大同小异，只有王干事是个光棍，没有老婆的事要交代。

军部高音喇叭不断播放上前线的将士和军嫂们的决心，军嫂用哽咽的声音诉说着自己的衷肠，还有将士的儿子、女儿们稚嫩的呼喊声。大家相互见面只是点头，眼里都是潮湿的……

七月二十日凌晨三点，部队从军部出发，朝三天门火车站行进，装载物资，固定乘用车辆。我们的专列是上午十点开动的。

当时，上级规定，为了保密，所有随军和临时来队的家属都不准到火车站送行。

军部离三天门火车站有好几公里路，一些胆子大的家属，就悄悄相约，到时候几个人走小路到三天门火车站。结果，一传十、十传百，家属们都开始行动，有的还怀抱婴儿。她们有的走小道，有的走大路，有的骑自行车，还有的爬上老百姓的手扶拖拉机，目的地只有一个：三天门火车站。

可到了火车站，领导却不准她们靠近，派战士纠察将她们拦在警戒线外。

她们只好站在火车站附近的小山坡上，认识的或不认识的，有文化的或不识字的，见面都相互拥抱安慰。上级不准她们哭出声来，她们只能轻轻抽泣。她们不吃不喝等了好几个小时，眼睁睁望着丈夫乘坐的那节车厢，不停地用手帕擦泪。有的还跪在地上朝专列磕头作揖，求老天保佑丈夫平安。

十点钟，专列开动了，此时此刻，家属们再也顾不上什么保密要求，都冲下小山坡，追着专列大声痛哭，南腔北调都出自一个心愿：祈盼亲人平安归来！

后来我听说，她们有的太激动、太痛苦，昏迷了过去；有的瘫倒在山坡上；有的滚到山坡下的水沟里……担任纠察的战士也被她们感染，一起流下了热泪。

她们扑向铁轨，跟着专列奔跑。专列远去了，她们的泪水还在流淌。她们憎恨战争，但又深明大义，默默地承受着难以想象的精神剧痛。

从那以后，她们天天提心吊胆，夜夜不能入眠。

这就是新时代军人的妻子！这就是可亲可敬的军人家属！

十三点五十九分，部队到达杭州萧山。

二十一点四十分，到达金华。

二十一日，早七点，到达江西上饶。

十一点五十分，到达江西鹰潭。

十七点，到达江西南昌。

二十二日，七点十分，到达湖南株洲。

十二点十分，到达湖南娄底。

十九点十三分，到达湖南低庄。

二十三日，八点十分，到达贵州凯里。

十五点十分，到达贵州贵阳。

二十点，到达贵州六枝工业区。

二十四日，六点二十分，到达云南宣威。

十一点整，到达云南曲靖市，火车输送结束。

因我们是军指乘坐的列车，除军长、代参谋长乘飞机提前到昆明军区受领任务外，政委、副军长、政治部主任、后勤部部长以及司、政、后机关的人员和军直的保障分队都在这辆车上。我们经过浙、赣、湘、贵、云五个省，省里的党政军主要领导分别在萧山、向塘、株洲、贵阳西、曲靖车站陪同吃饭，尽管简单，也算是设宴招待，欢迎词、答谢词一项不少。

一路上我们处的同志除了写材料外，正副处长还有一个重要任务，就是轮换陪同接待地方领导，替首长挡酒。我又尝到了茅台酒的厉害，好酒不好喝，那个香辣劲儿，真烧心！

干事和护士

一九八四年七月，一军进驻云南老山地区。

到达战区，战场纪律严明，有一条非常严厉：非工作原因擅自与异性不正常往来，违者一律发配到前线背炮弹，重者要以法纪论处。配属我们行动的一四四医疗所原驻地在贵州贵阳市，上阵地时刚分配来一批新护士，都是二十来岁，个个年轻漂亮，水灵灵的。

医疗所的住房与我们军政治部的木板房只隔三米多。这群美丽的姑娘搅动了军机关年轻参谋、干事的心！

我们处负责伤员工作，自然要与医疗所打交道，近水楼台，合理合规。上面机关来的、外单位来见习的同行，都喜欢到处里来坐坐，可眼睛却不时盯着对面。

我们处两个二十五六岁的干事，经常借工作为由，到医疗所去转转，自然比别人关系混得熟，偶尔也把女医生和护士带到我们处里，令其他处很是嫉妒。时间长了，两个干事胆子逐渐大了起来，工作之余也打打擦边球，实际上两边年轻人心里想得差不多。

　　驻地少数民族多，能歌善舞的特长传承到这些美丽的医生、护士的身上。我们两个干事很想跟她们学一手，也趁机好套近乎。一天晚上，我去部里开会，他俩觉得时机来临，对我说有几个伤员运下来，他们去帮忙处理下。我开会回来，快到熄灯的时候，发现放在桌上的收录机不见了。我问看家的胡干事伤员处理得如何，胡干事说早处理好了。"那他俩怎么还没回？"胡干事扑哧一笑："估计去蹦擦擦（跳舞）了吧，现在正在兴头上呢！"我让他不要乱讲。

　　我一边说一边走出门。医疗所住的是两排边防部队腾出的营房，两层楼。因为是冬天，外面凉飕飕的。我围着房子转了几圈，想找找他们的行踪。晚上天黑，我也不便走近，只能站在稍远一点的地方，一间房一间房地上下看。没有听到音响声，我只好回到房间，披着大衣坐在小马扎上，以床为桌，把几张报纸看了几遍，还是不见动静。我就关了灯，和衣躺下等着他们。

　　将近午夜，我听到他们回来了。他们动作很轻，先放好收录机，也不去洗漱，脱下衣服铺开被子就钻进去了。我突然坐起来，把电灯开关一拉，他俩扭过头看着我。我什么话也没说，马上又把灯熄了。他俩那晚一夜未眠，身子好像烙烧饼，翻来覆去。后来我听说他们想到了后果，已经做好了扛炮弹的准备。

　　他俩忐忑不安，一天一天地熬。第三天，部里通知开全体干部大会。他们想着首长肯定会先批评他俩，然后责令去阵地上扛炮弹。

　　令他们意料不到的是，首长不但没有批评，还表扬了他们的事迹，说一名干事对伤员战友感情深，工作想得细，与医护人员配合密切，各方反应很好；说另一名干事冒着生命危险，深入前线了解模范事迹，昼夜加班赶编战地简报，事迹写得很感人。首长还号召大家都要向他俩学习。他们明白了，我没有汇报那晚的事，而是汇报了他们所做的工作。他俩心里踏实了，尽管没当面说感激我的话，但从他俩日后的工作中，我觉察到了他们对我的信任和报答。

我认为，一个领导对部属的关爱，往往体现在部属有了过错时，能冷处理的，就不要上火；不是原则问题的，就让其淡化；本人知道错了的，不要再批评指责；自己能解决好的，不要随意汇报。动不动向上级、向他人讲部下不是的领导，缺乏爱心、缺乏担当，是无能的表现。三十多年过去了，我从未问过那天晚上他俩干了什么，但我敢肯定，他俩没有出大格，不够背炮弹的条件。

小战士亲了女老师

　　部队在千里之外训练，赤日炎炎的夏季，任务繁重，时间紧迫，官兵早出晚归，身体疲劳但斗志不减，我们既心疼又感动。

　　一天，我去构筑工事的部队，和大家一起扛土袋子。休息时，我问他们现在有什么希望，他们提了三点：能不能放半天假，洗洗衣物，处理个人事情，也休息一下；菜里能不能多放点肉；能不能看场演出，请姑娘们来唱歌跳舞联欢。

　　除了这三条外，战士们还说家住附近的同志想请假顺便回家看看亲人。晚上，我把师领导和四个机关的领导召集起来开碰头会，请机关有关科长参加，研究如何满足战士们的需求。就近探亲这条，因上级明文规定不行，各单位要认真做好说服教育工作。其他三条有两条当下就定了：每周轮换休息半天；从第二天开始，由作训科排表，凡担任训练、构工的单位，每人每天补半斤肉，费用由师里支出，这项工作由后勤部财务、军需两科负责，保证每个战士都能吃到肉。

　　至于演出的事，有点难度。因为我们师没有演出队，请地方文艺团队，这么热的天气，演那么多场次，担心演员身体受不了，费用我们也花不起。我和政治部的同志犯了愁。我同大家合计，能不能临时把医院的、通信连的女战士抽几个，再加几个男兵，组成队伍。宣传科科长说文艺特长能拿得出手的女兵不多。有位同志提议一个团来几个年轻家属。议来议去都觉得不合适。干部科科长说，师幼儿园的老师都是正规学校毕业的，有文艺专长，大部分年纪很轻，提前放假几天，由她们来承担这项任务，对老师来说也是个教育锻炼的好机会。我和政治部主任反复商量，尽管这个主意也不太理想，但相比之下还是行得通的。

我说："请主任马上亲自给园长打电话，传达我们的想法，希望她顾全大局，做好教师和家长的思想工作，后天赶到。"园长是我们引进来的，原来是东北一个省直机关幼儿园副园长，又做过多年的党支部领导工作，接到主任的电话，尽管感到很突然，压力很大，但还是答应得很痛快。她们在来的路上就商定好了演出的节目，时间一小时左右。从第二天开始，她们一天两到三场地唱啊跳的。她们看到官兵住的帐篷和黝黑的皮肤，也很感动。只要有要求，无论人数多少，场地好坏，她们都去演。第三天，有的老师水土不服，有的老师嗓子哑了，要挂盐水吃药，有时减了一两个人，演出也没有停止过。她们都说，没想到部队这么辛苦。

一天下午，她们在某团演出，我也坐在地上看。一个战士早就准备好了带叶的树枝和花草，像其他战士一样，上台给唱歌的老师献上，以表达敬意。老师右手拿着麦克风唱，左手接过鲜花，"谢谢"两字还未说出来，那个战士突然凑近老师的脸，亲了一下。台下静了片刻，顿时响起雷鸣般的掌声，还夹杂着口哨声。老师慌忙跑下台，头靠在园长的肩膀上。园长到底见过世面，把老师扶到一旁，把剩下的两个节目演完才收场。台下再一次爆发出热烈掌声。

团长、政委连忙过来说："对不起，部队没教育好，请放心，我们会严肃处理那个家伙的。"他们既是说给老师们听，更是向我作检讨。两边都看着我，想听我怎么说，特别是团长和政委。我说："本来，我和主任商定好了的，欢迎的第一顿饭由他陪，欢送的那顿饭由我陪。看来，今天我要破例了，晚饭我们一块吃。"我又把团长、政委叫到一边，认真地说："那个战士，是年轻人情感的正常流露，不要批评，更不能处分，弄不好把没事变成有事，小事变成大事，一件事变成两件事，让它自然冷却下去就行了。"

一听说我要陪老师们吃饭，老师们的气也消了一些，园长拉着那位老师的手跟在团长、政委后面走。刚落座，每人面前上了一碗绿豆汤。政治处主任说："各位老师，今天辛苦了，炊事班的战士听说你们来，张罗着熬冰糖绿豆汤，还放了一些润嗓的中药材，熬好后又吊到村里的水井里浸着，还起了个好听的名字'解热润嗓汤'，是专门为你们定做的。这几个战士为了这顿饭，还耽搁了看你们的精彩演出，请大家趁凉喝，不够再添。"

主任说完，我站起来说："下午看老师演出，晚饭又沾你们的光，精神、物质双丰收！你们慢慢喝，我来讲个故事。第二次世界大战，法西斯被打败了，战败国在投降书上签字的当天夜晚，世界各地的军民欢庆胜利，欣喜若狂。美国纽约时代广场上，大家载歌载舞时，有个士兵突然搂起旁边的一个少女，忘情地亲吻起来。一个记者举起相机拍下了这一幕，由于角度问题，看不清两人的正脸，那个少女只能看到婀娜的身材和裙子。几十年过去了，都没人认出少女是谁。当年那些脸似红苹果的大姑娘变成了脸像橘子皮的老太太，还要争着说这个少女就是自己！士兵与少女的亲吻成了胜利之吻、世纪之吻。这张照片成为二十世纪最经典的照片之一，被载入史册，战胜国的博物馆都能看到这张珍贵的照片。"

看到大家听得入神，我抓住时机继续说道："可惜呀，今天我们负责摄影的同志没有抓住机会啊！"说着，我端起碗，"我用战士们精心做的汤水，代表师领导和全体官兵，敬各位老师，你们在军营里工作，教育我们的孩子，也算半个军人，谢谢你们对军人的理解和支持！"不一会儿，老师们开始有说有笑了。有个老师还凑近那位被亲的老师耳边说悄悄话，那位老师脸红了，还用手轻轻地拧同伴的耳朵。

第二天，老师们转到另一个场地，歌唱得更甜，舞跳得更美。但我们从此下达了一条命令：部队看演出只准在座位上鼓掌，不准上台，如有违反，严肃处理当事人和在场的最高领导。

过了好几年，这位老师成家了，那名战士也要离开部队。老师对别人说那天战士没亲着，因为他太慌啦！那名战士呢，则对战友吹牛："那天我亲到啦，是左嘴角，好香呀！"

究竟他俩谁说的是真话，只有他俩心里清楚，别人无法考证，因为那一瞬间已经成为历史了。

一切为了孩子

我从小读书不多，尝尽了知识贫乏的苦头，所以在职时特别重视部队幼儿园建设。最让我难以忘怀的是迁建师部幼儿园。那是一九九三年年初，我从军机关处长调任一师政治部主任。上任不久，南京军区史政委下来检查工作，听取汇报时插话说："你们那个幼儿园太落后了，机关评价说硬件软件都不及格，政治部是有责任的。我们军区补助二十万元，不够的你们自己想办法，明年这个时候我们机关来验收。"师里在研究落实首长指示时就一句话：幼儿园的建设就按首长明确的办，由政治部负责。

重新选址时是初春，阴雨天气温较低。师主要领导带着分管后勤的副师长和我，从老幼儿园出来，走到一块连队菜地，他顺手折了一根树枝，就地一插说："新幼儿园就建在这里。"他说完就走了。

那段时间我刚上任，事情特别多，幼儿园的事情更是压力山大。晚上，我就找干部科、营房科的同志商量怎么办。我们估算经费超过百万元，还有八十万元哪里去找呢？只要思想不滑坡，办法总比困难多。干事得先有队伍。于是我抽调宣传科曾副科长

（他知识面广、思路宽）、营房科刘助理员和一个炮连连长（别人评价他善管理、懂经营、头脑活）三个人，脱离工作岗位，成立幼儿园施工指导组。他们三人还有一个共同特点就是做起事来非常认真，好似拼命三郎。

几天时间，他们找地方专家指导，竟然很快就把图纸画出来了，没花一分钱，还为幼儿园取了一个很时尚的名字：星星艺术幼儿园。二十多年来，这个名字在杭州市越来越响，在全军也是响当当的。施工建设过程中，为了节约开支，除请地方技术人员指导外，能自己干的就不花钱请别人干，像地基开挖、水管电线埋设等，大部分活都是连队轮班干。建房用的红砖，也是让复训驾驶员改变训练路线，直接到烧砖厂拉回来的，每块砖少花一角钱。

在抓硬件建设时，我心里同步开始筹划软件建设。我重新公开招聘年轻的、幼师专业毕业的老师，设大、中、小三个班，主要是承担符合条件的部队干部子女的学前教育。原来的园长、老师一个不留，当然必须为她们安排合适的工作。当时做这个决定，我面临的压力还是很大的，因为原有的老师有的是老首长的子女，有的是同事的亲属，特别是原来的园长，她是我直接上级的夫人。在向常委会汇报时，我是硬着头皮讲的。不过我汇报完后，领导给予了肯定，说政治部这个决定做得对，希望大家都要支持。这个胸怀和气度给我们树立了榜样。

一下子选不到园长，我们就从优秀指导员中挑一人临时负责。开始的两个男性园长都挺在行的，后来转业到了地方，发展得也很好，一个成了省级公安战线上的劳模，一个成了厅级领导干部。后来，干部科科长建议扩大园长选调范围，通过别人推荐，把东北一个省级机关幼儿园主管业务的副园长招进来任园长。这位园长一直干到退休。前两年她女儿婚礼，幼儿园的多数工作人员都参加了。当时得知园长一退休就被地方私立幼儿园聘任了，十几年内从她带的队伍中也走出了九个园长和一个国企的处长，我非常高兴！她们说自己是半个军人，当场合唱了《我是一个兵》、《战友之歌》和一师师歌。这情景使我想起一位副省长和我聊天时说的话："你们那个幼儿园紧挨操场，耳濡目染，我那孙子身上阳刚气多了，当兵的喊的口号他也学会了，有一天一进门就喊'首战用我，用我必胜，铁心跟党，天下无敌'，可见你们的训练和宣传工作抓得是厉害的，好！好！好！"

幼儿园每年还由全体老师和家长评判工作，给每位老师打分，实行末位淘汰制。为了使"艺术"有名有实，幼儿园还开设了书法、美术、音乐、舞蹈、体操等兴趣班，经常组队参加校外的比赛和表演活动，并且每学期在大礼堂给家长和官兵们汇报表演，一举两得。还记得市群艺馆推荐了一个男老师到幼儿园，他是东北人，普通话讲得好，舞也跳得棒，小朋友很喜欢跟他学。可是他想提干部的愿望我无力帮他实现，干了半年他依依不舍地离开了。孩子们听说他走了，好多都哭了。

领导幼儿园也使我增强了法律意识，有了第一次作为法人代表被告上法庭的经历。一天，小班的保幼员中午打瞌睡，一个小朋友不慎从床上掉下来负了伤，经医院检查，右手下肢骨折。家长起诉我们，要求赔偿五万元。园长、老师都吓得直流泪，问我怎么办，我说违法了就要按法院的要求执行，我是法人代表，开庭时我到庭参加。家长听了非常感动，撤了诉讼，只让我们补偿了一万元的营养费。这件事也使我终生难忘。

原来我们的随军干部子女大多在部队子弟学校前进学校读小学、中学。而前进学校随部队流动了好几个地方，由地方和部队共同管理，双方互相依赖，但有时又互相推诿，学生成绩差，家长十分着急，大大地分散了干部的工作精力，严重影响部队形象。

我听到反映后，就打算停掉子弟学校，让学生到杭州市教育质量好的学校去读书。主要领导说，这个想法很好，但风险大，学生有一百多名，从小学一年级到初中三年级都有，而且成绩参差不齐，万一地方学校不同意接收，子弟学校又停办了，小孩没学上，这是收不了场的。后果我是早想到了的，但耽误了下一代，责任更大。

路是闯出来的。一到暑假，我就带着秘书、干部科科长，到杭州几所教育质量好的中学、小学，找校长诉说困难，请他们特事特办接收我们的子女。真没想到第一站就让我们大喜过望，浙大附中的张绪培校长满口答应，表示来多少收多少，帮部队解决困难理所应当，哪能让军官背着包袱去打仗！话虽不多，但张校长情真意切，很是打动我。在我们的耐心恳求下，其他学校如学军中学、求是小学、保俶路小学的领导也都给予了大力支持。为了解决孩子们上学的交通问题，我们又找到市公交公司，公司党政一把手是部队转业的，对部队有感情，送来了两辆半新的大客车。

几年后，我们的许多子女都考上了大学，有的还是重点大学。师里干部说,这是我们原来不敢想象的事,现在终于也能够挺直腰杆扬眉吐气了。后来听说张绪培校长带了这个头,还受到非议和指责。但是我们认为他对部队有真感情,是大恩人,我走到哪都把他的事迹宣传到哪,二十多年来我们一直保持着亲兄弟般的关系。好人必有好报,这位拥军校长也得到上级的赏识,一路从校长升任局长、副厅长、巡视员。我俩退下来后,只要一见面,就会握手拥抱。回忆当年这件事,我们的心贴得更紧,有说不完的感慨之言!

回忆在职时我们做的这些事情,其实当时也没想太多。近日我读到一篇文章,发现原来革命先辈早就给出了答案。红军长征路上,有一天,女战士陈慧清突然要生孩子。早不生晚不生,偏偏在一场激烈的突围战刚打响时要生了,而且还是难产。当时陈慧清疼得满地打滚,身边没有一个医护人员,只有几个红军小战士。仅仅一公里以外,军团长董振堂正率领战士拼死作战。眼看着顶不住了,董振堂拎着枪冲回来问:"到底还要多长时间才能把孩子生下来?"没人能够回答。董振堂转身再次冲入阵地,大声喊道:"你们一定要打出一个生孩子的时间来!"战士们死守了几个小时,硬是等陈慧清把孩子生了下来。战斗结束后,有的战士经过产妇身边时怒目而视,因为很多兄弟战死了。但董振堂说了一句足以载入史册的话:"你们瞪什么瞪?我们今天流血和牺牲不就是为了这些孩子吗?"八十多年前,在那样的情形下,一个军人说出的这句话,不就是对我们今天努力工作和奋斗的最好注解吗?

戏言"儿童团团长"

从一九九八年开始，我所在部队先后招收了两批地方名牌大学本科毕业生，担任排级军官。他们大多是中共党员，曾担任过学校或班级干部。

这可是一件师领导们求之不得的大事、喜事。每一批毕业生的欢迎宴会，我都破格安排在师小招待所，待之如贵宾。为了丰富他们的经历，打牢军政基础，我们让他们分批到机械化步兵连、装甲兵连、炮兵连等全师最先进的基层单位当兵锻炼，熟悉、了解情况。在研究培养他们的专题会议上，大家认识很统一：他们是军队的未来和希望，我们一定要把他们当作心头肉、宝贝疙瘩，经常地关心关注，不断地淬火打磨，让他们挑重担、多打滚、快成长，并要求各级干部与地方大学生干部交朋友，发挥传帮带作用，而且要更新观念，对其另眼相看。

我时常去他们工作的连队，找他们拉家常、问疑难，也拜他们为师，请教求学。原本他们就见多识广、观念超前，有的个性还特别鲜明，喜欢独立思考、直言见解，加之又与我接触多了，他们的言谈举止就没有顾忌那么多"清规戒律"了，比较亲密随便。有的同志说我与这帮毛头孩子没大没小，真像个"儿童团团长"。没有儿童团，哪来共产党！我全当没听到似的，照样与这帮浑身充满朝气、灵气、锐气的新战友打得火热。

过了一个多月，有个单位说有个地方大学生章排长在连队早上不起床，晚上不睡觉，训练不参加，欲借此创造条件离开部队。连、营、团干部多次做工作，但效果不好，决定将其退回。退干部是要报集团军批准的。招收地方大学生到师里时，我也曾要求过，凡退回的同志我必须见一次面，问明原因。

第二天上午，小章到了我办公室，我俩便聊开了。小章的父亲是在任的正厅级市长。儿子大学毕业后，父亲为了让其养成良好习惯，决定将他送到部队，还四处打听放哪个部队合适。后经其当兵的姨夫介绍，专门挑选了我们部队。当时小章妈妈还不同意，认为独生儿子在省会城市找份工作就行了，没必要吃那份苦；就是当兵，也要在离家近的地方，这样回家也方便。

我问小章自己是怎么想的。

他说："我读大学就住校，不怕吃苦，但就是讨厌连队干部说话啰唆，自以为是，有的不懂装懂，盛气凌人，动不动就说我书读多了，是书呆子，到部队没啥用处。既然他们说我没用，正好我也不想当兵，把我退回去好了。"

我又问小章："这些情况你告诉家里人了吗，他们是什么态度？"

"和爸爸妈妈讲了，他们开始很恼火，骂我不争气，丢尽了脸，后来担心我会出事，又同意我回家。"小章笑着回答。

听了小章的一番话，我感觉到事情的严重性，当即把小章所在单位领导和干部科科长叫到办公室，严肃地问了他们几个问题："第一，能把大学毕业的儿子送到部队的，现在地方上这样的正厅级干部还能有几个？可见这位市长眼界开阔，很有政治头脑，真心信任和拥戴解放军。第二，市长是经过专门挑选，才让儿子到我们部队的，这说明我们部队声望好，而且他是寄托了厚望的，我们要好好地谢谢这位市长才对，绝不能辜负他。大家想过没有，我们把小章退回去了，这不等于打了市长脸吗，他会怎么看我们这支部队？第三，历史上，我们解放军把多少土匪、流浪汉、俘虏兵都教育改造过来了，而且许多还成了治国和治军的栋梁之材，现在连个小青年都教育转化不了，这说明什么？说明我们无能，愧对老前辈。第四，促使小章不想留在部队的根本原因是什么？是我们自己做得不好，思想工作也没及时跟上，特别是政治干部要负主要责任，其中也包括我。"我随即把请示报告退了回去。

第二天，我又让干部科把小章调到了组织科，让他有机会多陪我下部队。组织科科长曾当过英雄连队的指导员，他一听就明白了我的用意，马上表态说："请首长放心，我们一定齐心帮忙带好小章！"

小章到组织科报了到，中午悄悄地给他爸爸打了电话，说自己上调到机关给师政委当秘书啦！章市长拿着电话半天没放下，不知儿子讲的是真是假，这没几天工夫，时而乌云密布，时而艳阳高照，感觉不太靠谱。因放心不下，章市长专门请了假，带着夫人和秘书，开了大半天车赶到部队，想探个究竟。

我在营门口迎接章市长，他一见面就迫不及待地问他儿子的话是真是假。我说："谢谢大市长、好市长，你信任解放军，把儿子托付给我们。小章讲的话半真半假，调到机关是真的，说给我当秘书是假的，部队里像我这一级是不够配秘书的。不过我跟他讲了，多陪我下部队，两人找机会多聊聊倒是实话。"

吃晚饭时，章市长对我说："当时听儿子说要被部队退回来，我头都大了，怎么去跟老百姓讲这个丑事呢？现在我心里踏实了，脸上有光了！"

我连忙站起来说："一家人不说两家话，这是我们应尽的责任，你们就放心吧！"

小章在机关很勤快、肯学习、业务上手快，经过几年的工作实践，成熟老练多了，后来下到连队当政治指导员，也干得不错，升了一级，还考上了研究生。章市长也当上了市委书记。我在电话里恭喜他双喜临门时，他连声说："你们序列第一，工作也是第一，我和儿子有今天，你们有一大半的功劳！"

章书记退休了，二〇一七年我专门去看望他一家。一进门我俩就紧紧地拥抱在一起，刚聊了几句又提到小章。他说军营真是个大熔炉，什么铁都能炼成钢。

女子监狱改军营

安徽广德县境内有个白茅岭劳改农场，里面有座女子监狱，是上海市建的，后来监狱搬到上海市郊了，这里的房子就空闲下来了。

一九九八年年底，一军一师部队改编，下属坦克团改为装甲团，增加了两个营。七腾八挤，有一个营还是没房子住，上级就将他们临时安排到广德县女子监狱的空房子，因装甲团主营区离广德只有五十多公里，相对方便一些。

战士们从浙江的一个县城搬到偏僻荒凉之地，又住进女子监狱，很是失落，情绪反应强烈，说什么的都有。

第二天我就赶去了。

这个地方我比较熟悉。这里也是一个地面炮兵靶场，每年年底好几支部队都到这里训练和实弹射击，因弹落点在杨山顶一带，部队习惯称其为"杨山顶"靶场。我入伍在某炮兵团，曾多次到过这个地方。

我先围着高墙铁网转了一圈，又到几个连队的房子里看了看，还去了大饭堂、三间审讯室、一排关重刑犯的六套房、厕所等场所，然后与师团机关领导一起研究方案，首要的就是消除监狱痕迹。犯人与兵卒谁先谁后，我没作考证，但军营与监狱房子是很相似的。要做好部队稳定工作，我们必须尽早动手从环境外貌上进行改造，才能消除大家心中的阴影。

我请人武部政委联系，登门去会见县委书记，介绍说我们是一支英雄的部队，住在广德县的是"先锋营"（这是我临时命名的），并把事先需要县里帮助解决的事项列好单子递给他：

一、请宣传部、民政局、公安局、新闻广电局等单位，在近期反复宣传广德新来了一支驻军——一师先锋营，同时营里组织官兵打着横幅上街做好事，配合行动。

二、送报纸，装电视转播基站，让县剧团送戏上门，丰富官兵文化生活。

三、县质检局派技术人员检查战士的饮水质量，并向大家公布，让大家吃得放心。

四、邮政局重新确定所在地的通讯名称为广德县先锋营。

五、公交公司在紧靠营区的公路边设一个站，站名为"先锋营"，以方便官兵外出。

六、食品公司保证供应的食物新鲜，价钱合理。

七、县人民医院设立军人优先窗口。

八、公路局把到营区的小路拉直修宽压平，两边栽上花木。

九、体育局安排两副篮球架、两台乒乓球桌等活动器材。

……

广德县的领导讲政治、讲大局，对子弟兵很有感情，基本上每天都有局以上领导到营区嘘寒问暖，现场帮助解决困难。

部队这边也是加班加点。首先是搬掉指路牌。战士们将原来竖立在县城到白茅岭的路口边的、上面刻着"上海白茅岭农场女子监狱"字样的石块挖出来，抬去作铺路石，另用砖块垒了一个指路牌，用水泥抹平，用白油漆刷得亮亮的，上面刻上"先锋营"，下面画一个指示箭头。字很大、很醒目，老远就看得见。没想到这个指路牌后来成了战士和来队家属照相的景点。

然后，战士们又把四周的高墙和电网全部拆掉，围墙重新装饰，墙上画上英雄模范人物，写上励志标语。排房之间的高墙也拆掉，各自美化。靠山的墙边上设有黑板报和橱窗栏。以连为单位隔出伙房、餐厅，餐厅屋顶上面挂上战士们自己剪制的彩带、彩灯。原来犯人吃饭的大房子改为多功能活动中心，营里集会、战士演出、雨天训练都在这里进行。

修建布置营部大门，战士们更是别出心裁。两边用砖垒四米高，上面用楠竹片扎成两辆装步车模型，中间是军徽，军徽下面是"先锋营"三个大字，一到晚上灯光闪烁，煞是威武壮观。

营部和每个连队分别做了旗帜，上面印有"一师先锋营"

"先锋某连"，平时插在连队门口，连值日员站在旗子下。一出营门，擎旗手举着旗帜，队伍紧跟其后，唱着歌喊着口号，雄赳赳，气昂昂，踏得唰唰响！

最难改的是六套重刑犯牢房，一套两间，墙都是用水泥钢筋浇筑的。铁板门上有一个四方口子，是供看守瞭望和递送食物用的，门上还有一把大铁锁，里面睡床也是水泥垒的。我看了好几遍，思来想去，决定改成羊圈，房子外面挖一条排泄沟。

原监狱工作人员用房在围墙外，是幢两层楼，上下有二十四间房，一分为三，供营部人员、官兵来队家属和上级领导机关蹲点居住。

这里面貌大变，战士情绪高涨，修了四个篮球场、一个足球场，还修了鱼塘、猪圈、鸡棚。菜地的菜品种多、长得好，吃不完就送给县里机关和附近的老百姓。再有多余的猪肉、蔬菜，战士们就拿去卖，换来煤气火锅，到了冬天，一桌一个，中晚两餐，火锅里有自己劳动的果实，猪肉、羊肉、鱼肉、蔬菜，偶尔还有野味佳肴。

因为"先锋营"是离师部最远的、最偏僻的部队，每年春节我都要去那里同战友们一起过。几个连队官兵，还有来队家属，我一个人一个人地碰杯，看到一张张笑脸，从内到外真是醉了，醉得开心，醉得踏实！

西湖楼外楼与兵哥哥

　　杭州西湖边有家饭店叫楼外楼，那可是名扬天下呀。从楼外楼出门往西不远处就是北高峰，山那边有一片营房，驻扎着一支部队，老百姓都知道是"天下第一团""猛虎英雄团"。这支部队有个连队被最高统帅部命名为"硬骨头六连"，这个连队的名气同楼外楼一样如雷贯耳。

　　年轻官兵进杭州城，习惯翻北高峰，疾走不到一个小时，比乘公交车还快。战士们说翻山过去看西湖，既省时间又省钱，还是一次体能训练，真是一举多得。

　　前些年，楼外楼与硬六连因一个战士的缘故，攀上了"亲"，就像西湖里绽放的并蒂莲。

　　战士叫吴红光，闽南人。小吴的父亲是当地远近闻名的大老板。小吴是独生子，在家里爱吃爱玩，就是不爱读书，穿的用的玩的都是进口名牌。父母看心肝宝贝不学无术，十分着急。亲朋好友给他们出主意：送到部队当兵去，在大熔炉里好好修炼修炼。就这样，小吴来到杭州西湖边，分到硬六连。

　　部队新兵训练强度是循序渐进的，即便如此，小吴还是吃不消，跟不上进度，常常装病缺课，等战友们一走，他就溜进军人服务社买食品，什么好吃就买什么。这些班长都心里有数。六连的干部和骨干调教这样的兵有的是办法，但他们却很少碰到过吴红光。

小吴快过生日了。过去在家里，父母亲都会提前订好生日宴席和蛋糕，挑选好礼物，生日那天他就是亲朋好友心目中的王子、公子，快活得不得了。到了部队，他打听过了，同月过生日的战友一起过。白天要训练比武竞赛，写出一年的收获感想，在班务会上汇报，还要寄给父母亲；晚饭炊事班多炒一个菜，另加一碗带鸡蛋花的长寿面。这哪能同家里比？不行，这个生日自己得给自己过，比家里不足但要过得比连队好。他四处找人打听杭州哪个饭店名气大，有什么特色酒、招牌菜。他记在本子上，反复比较后，再抄在一页纸上。

生日前一天，他找连队干部请假半天，理由是儿生母苦，到城里给父母买些慰问品寄回去。连队干部认为在理，便批了假，并嘱咐他不要忘了第二天下午连队要给他们四个同志过生日。小吴满口答应说："请放心，忘不了。"

第二天吃完早饭，小吴穿着整齐的军装，背着挎包就出发了，临走时还摸摸上衣口袋里的两百元钱，这可是他入伍时带来、用后剩下的一笔巨款啦，中饭全靠它呢。他按班长画的路线图，第一个目标是去翻北高峰，一边走一边哼着刚学会的几首军歌。他感觉军歌比家里歌舞厅的那些曲子节奏更阳刚激昂，脚下虎虎生风。翻过北高峰，他更是一路小跑，一会儿工夫就到了楼外楼，掏出纸条，告诉服务员预订中午的一个包间，是一桌生日酒宴，报了几个招牌菜、一个生日蛋糕、一缸子两斤装的女儿红黄酒。小吴为什么点这款酒？他也是早想好了的，自己叫吴红光，女朋友叫丁小红，女儿红是浙江特色酒，也带一个红字，三个"红"凑一块可谓完美。小吴接着说，其他冷盘、热菜由店里配。服务员问他几个客人，这个小吴还没想过，于是他扳着指头，自言自语地说："爸爸，妈妈，爷爷，奶奶，外公，外婆，小红，拐子，老秃（后两个是朋友），朋友太多，该选谁呢？唉，忍痛割爱吧，就他们两个，再加上我，共十位。"他又补充一句："开席按老时间：十一点八分。"服务员说："解放军同志，请放心，保证让你满意！"小吴又盯着服务员多看了好一阵子，心里想，这饭店房间美，服务员长得美，说话声音也美。"这饭店真是选得好！"小吴脱口而出。服务员被小吴看得不好意思，说："离吃饭还有一个多小时，你先忙。"说完转身走了。

小吴出了门，正好看见有手摇游船。他上前问："同志，你带我游一个小时行不行？"船工一看是个军人，满口答应说："好、好、好！"小吴坐在船上，眼睛不够用，左右来回看。船工看出小吴是第一次来西湖，就说："解放军同志，你坐稳当，我顺着西湖边划一圈，把周围的景点给你介绍介绍。"

不知不觉到了十一点，小吴与船工道了别，回到楼外楼，进了包厢。他对服务员说："你把菜上齐后就不用来了，什么时候我请你送蛋糕你再来。"上完菜，服务员把门掩上了。小吴打开黄酒，十个杯子全倒好，他就学他爸爸主持的腔调说："今天是光儿十九岁生日，我们家里人和朋友给他庆贺，祝光儿生日快乐，一辈子大吉大福！"小吴就左右手各端一杯酒，两只杯子碰一下，喝光了。他又坐下，把一块东坡肉吃了，喝了宋嫂鱼羹，吃了几块西湖醋鱼，又站起来，喝两杯谢谢爸爸妈妈，喝两杯谢谢爷爷奶奶，喝两杯谢谢外公外婆。上一圈是模仿给他敬酒，第二圈他又模仿自己给客人还酒。十多杯黄酒下肚，酒劲儿上来了，等到喊到小红时，小吴脑子迷糊了，只见满桌的菜和酒，只有自己一个人，鼻子发酸，泪水控制不住了，他就坐在桌子边不停地抽泣，不一会儿就什么也不知道了。

他醒过来时，发现自己躺在楼外楼休息室的长沙发上，窗外灯光明亮。只听服务员说："经理，他醒了。"一名男子蹲下身子问他部队在哪里，得知在留下镇一团，经理连忙叫车送他到连队。这一夜他一直半睡半醒，朦胧中觉得班长、排长、指导员都来过，摸摸他的头，给他披被子，扶他上厕所。第二天起床号响了，他要爬起来，班长一手按住他说："小吴，今天你还休息，恢复一下身体。"

早饭时，炊事班送来大米粥、炒青菜和咸鸭蛋。上午大家都去训练了，小吴起了床，悄悄地打开连队荣誉室的门，把战争年代的十五名英雄、和平时期各类模范的事迹认真看了一遍，脸上滚烫发热。开晚饭时，班长说："小吴，今天连队给你补过生日。"会议室内，班长、排长、指导员和一位同乡站起来，举起手里的军用搪瓷缸。指导员说："吴红光同志，我们几位代表连队党支部和全连战友，祝你十九岁生日快乐！"五只缸子碰得叮当响。只见小吴放下缸子，扑在指导员的怀里，像孩子一样边哭边说："指导员，我给连队抹了黑，对不起前辈，也对不起大家！"指导员用毛巾给小吴擦着脸，说："知道错了就好，我们相信你！"不一会儿，炊事班送来"生日蛋糕"（一个大馒头），上面插着两面小红旗，大家齐声唱起了连歌。

楼外楼的领导和职工，记挂着吴红光，想念硬六连。后来，他们又一次来到硬六连，看望小吴，并提出与六连建立共建对子，互帮互学。首先是培训连队炊事员，从一个连到一个团，炊事员都去楼外楼学习，他们还把东坡肉改为好汉肉。战士退伍回到地方，亮出楼外楼的培训证书，好多单位抢着要。每逢部队执行任务或老兵退伍，楼外楼职工都赶来慰问、送行、洗补衣物。部队也派出官兵给职工讲战斗故事，打扫卫生，表演队列。每逢台风来，部队都主动前去加固排险。

吴红光后来成了连队遵纪标兵，他才主动把那天的经过一五一十地讲出来。连队演唱组想编个情景剧《红光闪亮楼外楼》，征求他的意见。他说好啊，能够教育更多的同志，对自己也是个警示。他还主动当起了导演顾问。

小阳的遭遇

　　小阳来自湘西山区的一个苗族农民之家，因高考成绩差了十几分，上大学的梦想落了空。

　　接到入伍通知书时，小阳心里有了新的目标：到军营，除了要好好尽义务外，还要认真复习文化课，争取考上军校，当上军官，让阳家喜上加喜。

　　小阳从入伍第一天开始，军事训练、政治学习、公差勤务，样样都听班长的指教，跟在老兵后面用心干。空余时间，他就拿出从家里带来的一套高中课本复习。半年下来，他就在连队冒了尖，一举一动都受到干部、班长们的关注，大家打心眼里喜欢上了这个新兵。

　　第二年春天，上级通知来了，要组织预考军校的战士集训。小阳就把自己的愿望向班排长、指导员作了汇报。党支部经过研究，一致同意推荐，大家都认为小阳是个好苗子。七月份通知下来，小阳还真的上榜了，被通信工程学院录取。他不仅为连队争了光，更为家里增添了一件大喜事。

　　部队批准小阳回家休几天假。那几天，四邻八乡的亲朋好友和村里乡里的干部都来小阳家里道喜。见到小阳父母，大家都称赞他们养了个好儿子，部队真是个大学校，把山沟苗家的伢儿培养得有出息……那几天，小阳父母整天高兴得合不拢嘴，有空就瞄儿子，看哪哪顺眼。小阳妈妈说，她天天做梦，梦里都是儿子进进出出，高兴得笑醒了，笑出了声。

到了军校，小阳念念不忘自己的既定目标，更加刻苦学习，努力争当优秀学员。第三年，他学过的十几门课程成绩都是九十分以上。还有三个多月就要毕业了，他又迎来了英语考试。班里有个同学是靠同族当上将的爷爷关照进校的，文化底子薄。他知道小阳英语成绩好，在班里数一数二。考试前他告诉小阳，考试时他要坐在小阳右边，让小阳帮帮他。小阳虽然知道这样做后果严重，但想到这个同学的来头不小，不敢惹恼，所以听了也没吭声。上了考场落了座，那个同学还真的坐在了小阳右边。小阳很顺利地答完了考卷，就在他检查的时候，那位同学递来一张纸条，上面写着"把考卷借我看一下"。小阳心里极为矛盾，犹豫了好一阵子。最终，侥幸心理还是打败了理智，他把自己的考卷悄悄地递了过去。那个同学刚抄了几道题，就被监考老师发现，两张卷子都被没收了。

当天下午，厄运来临，小阳因考试作弊被学校退学，取消学籍。这如同晴天霹雳，小阳接受不了，连死的念头都有了！学校怕出事，第二天就派两名干部把小阳送回了原部队的连队。连长、指导员非常理解和同情小阳，干部、班长都找他谈心，开导他，小阳脸上才渐渐有了亮色，但还是非常担心父母一时接受不了。于是,连队干部就和小阳反复商量着找他父母亲可以接受的理由,最终大家商定,就说是身体有病退了学。

连队通知小阳父亲来部队。当老阳听到儿子当不成军官时,眼睛发直,牙关紧咬,腮帮子一鼓一鼓的,两腿不停地颤抖,还不停地自言自语:"阳家真是倒霉,怎么和乡亲们讲呢?"

连长、指导员轮流陪老阳到营区走走、看看,劝说、安慰,分散他的注意力,并告诉老阳,连队决定留小阳继续在部队干,如果干得好,他还可以当士官。老阳是个老实巴交的农民,不了解士官是什么职务,只听还有"官"字,连声说"那好、那好、谢谢、谢谢",还向连长、指导员鞠躬。第二天,老阳就安心地回去了。

我是在收集部队官兵思想分析报告时得知小阳遭遇的,既感到意外,也感到气愤,就思索着怎么帮帮小阳,减轻他的痛苦。那时,部队历史陈列馆正在重新布置,正缺人手,我就把小阳调过来了,先让他参与布置工作,开馆后,他就留下来负责讲解。在这个岗位上,他一边工作,一边学习也不松劲,几年之后退伍回到家乡,考上了县机关的公务员。

第三篇

练笔头

师报道组

一九七七年，过了春节，一天午饭后，吕指导员叫我到他宿舍去，我一进门，他就跟我说："这次你去写连队材料，他们发现你文字上的特长，字也写得不错，师报道组要调你去。你是干了四五年的老兵了，去了就好好干，别给连队抹黑丢脸。"

师报道组就在大礼堂进门右侧的耳房里，共两层，楼下两间房，一间办公室，集会议、值班、阅览功能于一室，另一间是活动室。报道组的人员不固定，有时集训住大的房间，二至十人不等。

开始，是两个排长和我住在一起。过了一段时间，上面让我兼管内勤工作，我就搬到楼下住值班室。

那时候，师党委特别重视新闻报道工作，听说这个传统是从一位师政委开始的，在全军出了名，还开过现场会。

部队的官兵都知道，师里"三队"（电影队、演出队、篮球队）、"一组"（报道组）是领导的心头肉。

这方面的传闻也很多，我只知道关于这位师政委重视报道工作的一星半点。

听说在武汉军区，有一个星期，军区报纸一版没登师里的稿子，他便要求以班为单位，每个班都写一篇稿子，装在麻袋里，派人坐火车送到报社。社长被感动了，一张报纸全登师里的稿子。还听说，他每天让宣传科负责新闻报道的干事把报纸用稿情况像作战值班室汇报战备情况一样上报。

后来，他晋升了，但他的做法仍然传承了下来。

我还听说，师司令部、后勤部甚至师政治部自己的同志都说，报道组是"第二政治部"。

还有人竟然在报道组的篮球上写了"师政治二部"，保卫科追查了一阵子也不了了之了。

师首长重视报道工作，还体现在领导力量和人员配备上：副政委分管，一名政治部副主任主管，他们天天到报道组巡查或坐班。

报道组没有编制，正常情况下有四五个人，最多的时候有十多个人，副团、正营、副营、正连、副连、排长、士兵，各个级别的人都有，一年里人员调进调出非常频繁。

师政治部分秘书、组织、干部、宣传、保卫、群工、敌工、文化八个科，大部分干部都是从报道组调去的。从这个角度上讲，说报道组是政治部的后备军、二梯队一点都不为过。

报道组的内勤事务比较繁杂，有十几项。我把内勤工作归纳为"四大员"：

一是管理员。稿纸、信封、铅笔、钢笔、墨水、橡皮……一切与写作有关的文具，都放在一个柜子里。东西缺了要先写"呈批件"，批准后才能预支款，购买回来要登记造册，领用时要详细登记，半年向领导汇报一次。后来登稿子有稿费了，我又有了一项新任务，就是管理稿费。

二是资料员。订的报纸、杂志，每天收发室送来后要清点，各省市的报纸要夹好，摆在放报纸的桌子上，杂志也是一样。报道组刊登稿件的报纸、上电台的稿子要登记。那时全国都在破除名利思想，写稿人不能用自己的名字，每个写作班子都有一个笔名，连中央级都是这样，比如仲祖文（中组部）。上行下效，我们报道组对外称"鲁尔政"（陆军第二师政治部），内部都知道稿子是某人或某几个人合写的。我要登记见稿单位、日期、版面、写稿人，这个登记等于是报道组的功劳簿，奖励、提干、荣誉都以这个登记为证。大家经常会来对台账，我一点也不敢马虎。

三是修理员。主要是修自行车。我师除了一个团在七十多公里外的湖州，其他三个团和师直属队都在师部附近。报道组的同志下去调查找线索，基本上都是下到附近的单位去，自行车成了主要的交通工具。报道组共有五辆自行车，都是很破旧的，就放在楼下大房子里。有时有的同志骑回来，往礼堂前厅墙边一靠就不管了。我只要在家，就把五辆自行车都看一看，再骑一骑，如果发现毛病就修理、拧紧螺丝、上机油、擦拭泥巴灰尘，这些小事都是自己干。需要补轮胎、换链条，我就送到一公里外的川埠修理铺，等修好了再骑回来。车少人多，有时还要到政治部其他科室去借用。我曾经骑自行车到无锡和军部送稿子，来回一百多公里，裤子都磨烂了。

　　四是保洁员。主要任务就是冲洗厕所、打扫值班室卫生。那时候抽烟的人比较多，到研究稿子的时候抽得更凶，烟灰缸、茶杯和地面上到处都是烟蒂烟灰，打扫起来就是"一倒二抹三拖"。

　　这四大员的工作，基本上都是在早上起床之后干，有时也觉得很烦、很累、很委屈，直到有一天我们的副科长对我说了一席话，让我对这些工作有了另一番认识。

　　这天早上，副科长过来，看我在捣鼓自行车，说："小陶，你在一团那会儿抄稿子，我虽然和你说话不多，但我认为你有毅力、能吃苦。我从北京一回来，就叫他们通知调你来报道组。一个人干不了小事，也就成不了大事。报道组的内勤工作，就是我让你兼管的。你记住：苦是磨刀石，苦是聚宝盆，苦是登云梯！"

　　这位副科长个子不高，水平可是真高啊！我心里暗暗惊讶和佩服。

　　他接着又对我说："到了报道组，就要靠笔头子。我们共产党人就是紧紧抓住了枪杆子和笔杆子，才夺取了政权，稳固了政权。我们握笔杆子的，有空就要往部队跑。官兵人人都是一本书，一本人生的大书，要与他们交朋友，把他们当老师，找干部聊天，活读书、快读书，绞尽脑汁，苦思冥想。做人做文，要先人一步，棋胜一等，文高一山！"

　　一席话，句句精到，我连声说："谢谢首长，我听进去了，我一定努力干好！"

　　他的经历颇有传奇和神秘的色彩。他后来晋升到最高军衔，令很多人不解，关于此事也有种种传说。我认为，这根本上与他的努力和智慧有关。我不由得想起了孔子的三句名言：**一是"时也，命也"**（时机决定命运）；**二是"慎始，善终"**（选对了就要坚持下去）；**三是"尽人事，知天命"**（只管努力去做事，其他的交给老天爷）。人这一辈子，一定要做好一件事，一旦你努力了，结果会很不一样。

我开始写稿子了，跟着干事，不是去学调研，就是去找事例，回来把听到的整理成故事，这是当徒弟首先要干的活。

而其他老同志成了师傅，各有擅长，有写言论的，有写通讯的，有写新闻的。

写小故事是打下手的活，也是基础活。

报道工作是个苦差事，能锻炼人。我用"四子"来比喻战士报道员：

下去调查像狗子——东闻西嗅，到处钻门子、挖例子。

写起稿子像猴子——坐立不安，抓耳挠腮。有时半夜三更躺在床上，想出了一个好点子或几句好话，就赶紧爬下床写下来。有时说梦话还在讨论稿子。

报社送稿像孙子——见人低头哈腰，给人提包倒水，明明是个编辑，开口喊他科长、处长、主任，像个跟屁虫。编辑走到哪儿，送稿的人就跟到哪儿，生怕编辑跑了。

登上稿子像王子——那个得意劲儿，别提有多高兴了。

刚去报道组时，下到部队调查，碰到冷面孔是常有的事。比如我找连队干部了解情况，刚要开口自我介绍，对方便说："我们连队忙，你去别的连队吧！"

老干事说要找连长、指导员中的同乡，他们会接待你的。为什么部队有比较严重的老乡观念、山头主义，后来发展到军校的同学圈子？就是这样一代一代传下来的。

有时我会找战士聊，战士的心思是相通的，真是惺惺相惜。到了吃午饭的时候，我就把挎包里的碗拿出来，让战士帮着盛一碗饭，三口两口吃完了，用袖子把嘴一抹，心里就踏实了。

时间长了，去得多了，关键是写的稿子登上了报纸，名气也就有一点了，我再到连队去就不一样了。碰到豪爽的老乡，还会加几个小菜，喝几杯小酒。

抽烟喝酒，我就是在报道组学会的。

文字，要带"响声"

　　二〇一八年是改革开放四十周年。四十年前，我刚刚由士兵提升为军官，四个兜的干部装穿在身上，自以为很神气，心里充满感恩之情，浑身上下有使不完的劲。那时我在师部做新闻报道工作，整天与文字打交道。当我在一本本保存下来的枯黄的报纸和杂志上找到一些当年写的文章，轻轻用手抚摸着它们时，仿佛见到一张张满是辛劳汗水的脸，感到有温度、有冲动、有激情。虽然那些文字带着青涩，却是从时光深处流出来的，它丰盈了我的人生，奠实了我的脚跟。

　　那时，各个部队领导都非常重视新闻报道工作。大军区有新闻处，军、师、团政治机关都有报道组。虽说没有正式编制，但它们在领导心目中的位置很突出，有人说是领导的心头肉、宝贝疙瘩，一点儿也不假。从基层调进报道组的战士报道骨干，政治机关领导都要亲自召见谈话，看看长相怎么样、口才怎么样、字写得怎么样，这三个关口必须都得过。据说领导是用拔高几个等级的标准来选人的。

　　我们师部报道组有十几位同志。因部队结束了"三支两军"

特殊任务，多出了一些干部，领导就抽了一些原来做过宣传工作的团级、营级、连级、排级干部到报道组。还有少量战士报道骨干，经过一段时间的写作锻炼，上稿多的就留下来提干，一年一两个；潜力不足的就退回原单位。我在连队时就在军区和省级报纸、广播里上了四篇稿，才被选进报道组。进去了，我才知道写出的稿子要在报纸上看到、在广播里听到是硬任务，压力可真是不小。

刚开始，我是给老同志当徒弟，从小故事、小言论写起，慢慢到通讯、新闻稿，由小到大、由短到长地一门一门地学。

战士报道员想的是登稿数量，见到什么就写什么。后来提了干部，领导又有了新标准，不仅登稿数量要多，质量也得上去，就是说要讲究稿子的分量。这意味着又要跃上新台阶，增添新压力，逼着大家连走路、吃饭都要想写稿爬格子的事情。

正好解放军报社的陈编辑来了，说他的名气如雷贯耳一点也不为过。每天清晨早早起床，我就站在他房子外面，等着陪他散步，趁机向他讨教如何提高写稿的质量。他顺口就说起来了，写稿子如同往水里砸石头，水越深，手抓的石头越重，砸下去的动静就越大。尤其是新闻稿，就是要带"响声"。写新闻稿要站在时代前沿高地处，捕捉官兵思想敏感点，在潮头浪尖上闹动静，当然写这样的稿子一定要把住"度数"，捏住"分寸"。

行家一席话，挑明一盏灯。我似乎悟到了一些，想去尝试尝试。一连几天，我带着士兵报道骨干，骑着自行车到比较熟悉的连队去，在宿舍里、训练场上找干部、战士，请他们谈听到的、见到的或经历过的新鲜事件和话题。一星期下来，还真是收获良多，快把脑子装满了。

接下来就进入了整理、选择的程序。几个人一边翻看笔记本，一边在脑子里过过记忆，有好几件事情印象是很深刻的。第一件事是，有个指导员讲，他们外出训练到了一个村，各班分到老百姓家里住宿，生产队队长领着大家一个班一个班地安顿。五班住的是一户刚刚摘帽的地主分子家。户主非常高兴，说："解放军能住我家，真是共产党瞧得起咱！"可五班长不高兴，向连队反映要换房。指导员认真地与五班长谈心，讲这个政策的来龙去脉，又和连长商量，晚上就这件事，给连队官兵上了一堂时事政治课。第二件事是，有个连队安排学雷锋助民劳动，收工后听说是帮老百姓干自留地的活，大家心里直打鼓：学雷锋种自留地对不对？第三件事是，团支部组织过团日，把大家带到附近集镇上逛自由市场，回来后大家纷纷议论，开眼界，真过瘾！自由市场办得好，农民市民都得利。但领导们没人明确表态。

我们经过反复比较讨论，认为这三件事关系到当前的一些大政方针，涉及部队官兵的思想认识，如果能写出来投给报社，可能会引起重视。为了更有把握，我们立即用电话向解放军报社政工处编辑作了汇报。只听编辑连说："好、好、好！赶快写，赶快寄！"我们受到很大鼓舞。鉴于稿子内容政治敏感性强，我们决定暂时保密不汇报，以减少领导的压力，也有利于稿件快速送递。如果报纸不登，那就只当练练笔头，如果真的登上了，我们也不用担心。大家日夜加班写初稿、修改、复写，自己掏钱寄特快挂号信，流水作业一气呵成。没多长时间，稿子都刊登出来了，标题分别是《自留地的风波》《五班战士担心之后》《逛自由市场该不该?》，有的放在显著位置，有的加了编者按。参与合作的报道骨干臧晓华、应杜孟、陈自平分外高兴，喜笑颜开。领导也表扬说问题抓得准，稿子分量重，增强了部队政治思想教育工作的针对性。

某团二机连组织学雷锋活动帮老百姓种自留地这件事，当时连队反应比较强烈。有的问，把田地都分到个人了，这是走社会主义道路吗? 有的说如果雷锋同志还活着，肯定不会帮干自留地的活。还有的说，我们当兵的站岗放哨，再不保卫社会主义了吗? 张宏指导员平时喜欢思考问题，他听到战士们的各种议论，敏锐地感到这个事情涉及党在新形势下制定的农村经济政策能否顺利贯彻落实，人民军队能否始终与党中央保持高度一致。在大是大非面前，他意识到党支部书记肩上的责任，便立即向营党委汇报，并建议在本连开展一场教育讨论。团里知道后，决定停训一周，在二机连抓试点，以点代训，让全团党支部书记都来参加，并请当地县委宣传部的同志到场讲解党的农村经济政策，请社员（当时人民公社还在）现身说法，谈自留地的好处，还实地剖析了附近几个生产队在实施自留地政策前后，农民的收入情况和积极性的变化。团里还出了五个题目，让基层官兵讨论辨析：一是自留地的性质，二是自留地的目的（好处），三是自留地的耕种方式，四是自留地的发展趋势，五是学雷锋做好事的目的。全连官兵感觉这次教育像一场及时雨，真带劲，好解渴，让人终生难忘！连队党支部又趁热打铁，倡导写红色家信，让每名官兵给家里写封信，着重汇报这次教育活动及自己的看法体会。团里也迅速推广了二机连的做法，《解放军报》在二版也刊登了相关内容。许多官兵说，这篇稿子发在节骨眼上了，帮助他们打消了疑虑，开阔了眼界，解放了思想。

记得还有篇稿子，也引起了轩然大波，涛声雷动。当时我们的部队驻扎在农村，离县城有十多公里，交通也不方便，官兵探亲、休假到集镇去，要么乘长途汽车，要么骑自行车。但是部队附近有几个溶洞很有特色，听说有几部电影在里面取了不少景，《智取威虎山》里座山雕的老巢选的就是洞里最大的厅。另外一个洞里还有几百米的地下长河，得坐小船划桨才能进出，因洞窄，船桨大多只能朝上划着石头。当地的紫砂陶瓷也是非常有名。有的上级机关下来，指导工作之余，领导就会提议他们放松放松，去游览这两个地方。

我是新干部，经常接到陪客的任务。陪客不仅费时间，耽误写稿子，还要掏工资买门票，送紫砂小纪念品。那时候我一个月只拿五十二元钱，除了吃饭、零花，还要邮寄接济家里。每次接到陪客的通知，我一百个不情愿，总是窝着一肚子火，还要堆笑脸。几个经常陪客的同事时常凑在一块发牢骚，倒苦水。脚痒了只能在鞋子里抓，我们都无能为力，无可奈何。有一天，因陪的客人不高兴，我挨了领导一顿批评，实在忍无可忍，一气之下，就把几年来陪客的经过、大家的看法都详细写了出来，实名寄到报社。我本意是让他们了解一下情况，没想到报社在很短的时间内，以读者来信的方式，用《住在风景区部队的苦衷》的题目刊登了。

我知道这下惹大祸了，但生米已煮成熟饭，只好硬着头皮撑着，听候发落。领导通知我去他办公室，指着报纸对我说："这篇稿子是你写的吧？"我说是的。"有没有其他人参与？"我说没有，我一个人写的。"写的都是事实吗？"我说一点假的都没有。领导说："你想过没有，相比其他单位我们驻地很偏僻了，没有什么好吸引人的地方，上级难得来一次，即使像你写的是形式主义，也是可以理解的嘛！这下可好，你把上级都得罪光了，今后谁还敢来呀？部队官兵的辛苦哪个还能知道？酒香真怕巷子深啦！小伙子，有的事你不太懂的，快去吃饭吧！"

几十年过去了，这期间经历了许许多多。从这些经历中，我从不懂到懂，明白了什么事能做，什么事不能做。一生沉淀，时光如行云流水！

送稿之苦

　　我当报道员时，到北京送稿子是最艰巨的任务。首先，稿子登上报纸很难，再就是要花钱。第一次领导让我去的时候，走之前对我说，稿子登不上路费自理，不给报销。

　　我带了三篇反映野营拉练中军民关系的稿子，黄干事让我去找苏编辑。苏编辑是黄干事的同乡，黄干事还告诉我，苏编辑的妻子是我的湖北同乡。

　　我专门请教了黄干事，把送稿子要注意的事项反复问清楚。

　　第二天，我用纸箱子装上一点土特产，主要是当地的紫砂壶和花盆，从丁山乘汽车到无锡，再从无锡乘上京沪特快。由于火车速度快、停站少，再加上我穿着军装，有空位子也不好意思去抢，只好站在边上，心里总是想着送稿子的事情。为了省钱，我晚饭都没有吃。

　　第二天早上六点多，火车到了北京站。我把纸箱子寄存在车站的小件行李寄存处，一件物品一天费用是两角钱。我心想，还没有和苏编辑见面，万一人家不收礼，送不出去怎么办？

　　早饭还是不舍得吃。按照老干事说的，我乘一〇三路电车到阜外西口下车，三十四号门牌就是解放军报社的大门。

我到了大门传达室。要进去，必须给里面的人打电话，得到同意才能放行。值班室的人照例让我打电话联系，我战战兢兢拨通了军事处苏编辑的电话，一听对方拿起电话，我说："请问你是苏编辑吗？"他说："是的。"我生怕他把电话挂了，赶紧说："苏编辑，我是陆军二师报道组的陶正明，是黄干事派我来的。"他一听就很不耐烦，说："不是让你们通过邮局把稿子寄过来就行吗？不要派专人来送，你们还是要来！这样吧，你把稿件投进门口的邮箱里，你就回去吧。稿子我会收到的，有什么事电话联系。"

我一听头就发懵了！送稿之前，有同志告诉我，军报传达室是送稿的第一关，很多人在这一关就被挡住了。

我一个普通战士，在这里只知道黄干事介绍的苏编辑，没有任何熟悉的人，真是万般无奈。我站在大门口左顾右盼，多想认出个熟人来，但那是不可能的。

功夫不负有心人。我等了个把小时，有辆汽车装了一车东西驶过来，哨兵把铁门打开。汽车到了门口突然熄火，发动了几次也打不着火，一个驾驶员下车钻进车底下检查，我趁机也往车边靠，蹲下身子，假装帮忙。哨兵和门岗师傅以为我是副驾驶，也没人问我。我自己在车边爬了一圈，等到了车头，立刻起身，快步走到围墙边，心怦怦乱跳，直到我感觉他们完全没注意到我时，我就朝军报办公大楼快步走去。

在大厅里的一处公示栏里，我看到军事处是在四楼。我走上四楼问到苏编辑的办公室，敲了门喊报告，他开门问："你怎么进来了？我不是让你把稿子投进门口的邮箱里面吗？明天就能收到，是谁让你进来的？你是怎么进来的？你把稿子拿来！"

我赶紧从挎包里拿出稿子，双手递给他。他看了一下题目就说："这种稿子还想登军报！"又把稿子还给了我。

这时，我再也控制不住了，近二十个小时粒米未进，也未曾合眼，稿子又不能用，饥困交加，真是无奈无助，两眼的泪水直往下流。我拼命地咬紧嘴唇，但抽泣声还是被苏编辑听到了。

大概他也有过类似的经历，明显心软了，态度好多了，说："你与部队联系一下，看他们有什么和当前形势合拍的素材，再重写。"他顺手拿出一张出入证，填了个日期递给了我。我用袖筒擦了擦脸，低着头走下大楼，走出大门，在马路对面的饭馆里，花了两角钱买了四个馒头、一条腌萝卜皮，又用两分钱买了一碗菜汤，三顿饭凑成一顿吃了下去。

吃了饭，身上又有了力气，好像又有了些信心。我先乘一〇三路电车返回火车站，在车上想晚上住哪里，稿子登不上，路费自己出，这一趟至少得花掉半年的津贴了。那是六十元呀！真是舍不得。

最后我想，到八宝山去，和送葬的家属一块儿住肯定便宜，而且坐地铁顺路。

我到了火车站，取了东西，上了地铁。第一次乘地铁，挺新鲜，不一会儿就到了复兴门外，说到八宝山还有几站路，还在修，要步行，一站路十来分钟，走过去要半个多小时，我便出了站一直向前走。

到了八宝山，我买了个大通铺，里面可以住几十个人，两角钱一晚上，床单、被子都很脏，怪味大。我实在困极了，也顾不了那么多，和衣躺下就睡着了。

出出进进的人不断，哭哭啼啼的声音未停。我一会儿睡着一会儿又被吵醒。早上醒了又想，睡在这里是不行的，暂时将就一个晚上可以，时间长了就难受了。这里没有地方打电话与部队联系，要是重找地方，住旅店又花不起那个钱，打电话也还是不方便。

我满脑子在想北京有没有熟人，终于想起来通信营有个战士小韩，爸爸是总参通信兵部的，是个师级干部。

我知道小韩的名字，但不知道他爸爸的名字，打算去问问试试。

早饭我又买了两个馒头，白开水是免费的，我就用刷牙缸子装了一缸子白开水，就这样把早饭对付过去了。

我步行回到复兴门外，看有解放军站岗，就去问通信兵部在什么地方，哨兵说就在前面，马路对面，坐地铁三站路。

我舍不得花钱，走了半个多小时，到了通信兵部传达室。收发员问我找谁，我说找韩某某的家，我是他儿子部队的，给他家带点东西。

因为小韩父亲是师级干部，加上他家里经常给他寄包裹，收发员一听就知道了我要找的是谁，就把门牌号给了我。

我找到了。小韩的爸妈都上班了，只有姥姥在家。我给小韩的爸爸打了电话，说明了来意。首长挺客气的，说中午就在他家吃饭。他们通信部门打军线很方便，我在首长家赶紧给师报道组打了电话，把送稿情况简要向黄干事说了一下，又赶紧给小韩打了电话。因为他自恃干部子弟，家又在北京，当兵后一直吊儿郎当，调了好几个单位，想入党。我和他并不熟悉，主动和他联系，免得说我利用关系到他家。

不过，小韩挺讲义气，答应得很爽快，说没事，还让我在北京有事就找他。

中午，小韩的爸爸回来了，边吃饭边问我部队的情况。吃完饭，我拿出一只紫砂壶、一个花盆送给他。他顺便问我住在哪里，我犹豫了一下，说，一下火车就来了他家，还没找地方住下。他说反正时间也不长，就叫我住小韩的房间。这下我又卸掉了一个包袱，住宿不用花钱了。我连声感谢。

下午，我又到报社去了。这次有了出入证，我大大方方地进了大门，很快到了苏编辑的办公室，他一看是我，问我与单位联系上了没有，有什么好的素材。我趁机把苦衷讲给他听，我说我是个战士，当了四年多兵，领导派我第一次来北京送稿子，如果登不上，路费要我自理。要是那样，再省吃俭用，也得花掉我半年多的津贴费。我家是湖北大别山里的（故意让他知道我是他妻子的同乡），生活非常困难，家里还要靠我帮助。

苏编辑听我说得诚恳实在，让我坐下。他翻了翻桌子上的资料和大堆稿件，停了一会儿，问我："你们那里有部队野营训练吗？"我连忙说有。

实际上，有没有我也不知道。苏编辑又问："那你们在野营训练中搞没搞军委叶剑英副主席提出的'十个应该不应该'教育？"我又连忙说有。苏编辑继续说，如果部队进行了这方面的教育，有什么好的做法，可以从这个角度写篇稿子，千把字就够了，越快越好。我说明天中午一定送来。

告别了苏编辑，我感觉又轻松了许多。回到小韩家，我马上给师报道组擅长写新闻的余祖兴干事打电话，他跟我说："这个稿子只能写你们老团队，不要把团首长的名字写错了。野外教育要突出野外特色，要突出党委班子，要突出肃清'四人帮'的流毒，要突出对部队训练的重大促进。"

晚上我便开始写。我在连队只参加过连队教育，至于团党委怎么搞教育，我不了解。但是会写也得写，不会写也得写！

我把连队党支部放大到团党委来写，先列提纲，再想事例，一层意思一层意思地写。

一直写到第二天凌晨三点半，大概数了一下，有两千五百多字。作为作者，总想多写一点，好让编辑有删改的余地。然后我开始誊抄，一直忙到天亮。

洗完脸，吃早饭的时候，韩副部长说："小陶你真能吃苦，熬了一个通宵，眼睛都红了。"我说还不知道行不行呢。他说："不行再改，我写的材料都要改好几遍，军报上登个稿子可不容易呀！"

吃了早饭，我就往报社赶，把稿子交给了苏编辑，他一看，说："不是让你写千把字吗？你写这么长！放这儿吧。"

他又问我毛笔字写得怎么样，我说从小父亲送我读书，一是要让我学写毛笔字，春节好写对联；二是写好钢笔字，写个信、打个条子方便；三是练好算盘，会算账。

苏编辑把我带进另外一个房间，让我写给他看。这个房间里毛笔、砚台、纸张都是现成的，好像都是刚刚用过的。

我拿起笔来，写了"感谢苏编辑"五个字，还要继续写"你辛苦了"时，他说："还行还行。"

他马上出去，拿来一篇材料让我用毛笔抄。苏编辑还说中饭一起到食堂去吃……这一切仿佛又回到当初去一团送稿子的时候，上午抄、下午抄、晚上抄，只是换成了毛笔，抄了两天两夜，晚上还不让我回住处，我就睡在值班室的长沙发上，简单对付一下。

这期间，不时有人进来看看又出去，有的问我是哪里人、哪个部队的、多大年龄，我停下笔一一回答。

到了第三天，刚上班，苏编辑给我一张报纸，我一看，稿子上了头版头条，那个高兴劲就别提了！"谢谢苏编辑……"我感觉自己声音都变了，好像是在发抖！

不仅上了军报，还是头版头条！那种激动的心情真是难以言表。现在想起来依然心绪难平。

我接着抄材料。午饭后，我把原稿和报纸上的稿子仔细对照着看了几遍。苏编辑真是下了大功夫，大小标题全都是新加的，内容也绝大部分是他重新写的。看着看着，我又惭愧起来。

下午我又抄了一篇。苏编辑说："小陶，明天你不用来了，路费也可以回去报销了。你的基础还行，要记住，写报道是个苦差事，写稿子要抓'一碰就响'的问题，语言要精确精练、生动活泼，不要用那么多形容词。这几天你也辛苦了，我们处几位同志的墙报都是你帮抄的，我带你去认识认识他们。"

苏编辑带着我去见了六个人，有处长、副处长和编辑，这可真是意外的收获。我把他们的名字、职务和联系电话——记在本子上，为今后写稿送稿创造了好条件。几天来的辛苦真是值得。

晚饭后，我赶到韩副部长家，一进门，韩副部长就说："小陶，你写的稿子我看到了，头版头条，真了不起！我家小韩能像你一样就好了。"

我说："是几个人共同写的。首长，打扰你几天了，稿子也登了，明天我就回去了。"

第二天吃过早饭，我离开了韩副部长家，坐地铁到了王府井附近的煤渣胡同，在总参四所找到了老部队调去的卢管理员，登记了住宿。这下，我要好好在首都转一转、玩一玩了。

玩了七天，我返回了部队。到食堂吃晚饭时，大家看我的眼光都变了，因为我第一次去北京送稿子就上了军报的头版头条。

我又想起了副科长的话：到了报道组，是要靠笔杆子说话的。

范副总编

时隔不久，我又发现了一个司务长典型。到连队去了好几次，事例挖得差不多了，就开始研究路子，动手写作。

写来写去都感觉陈旧老套，没有新意。是呀，一个连队司务长，整天干农副业生产，与柴米油盐打交道，调剂伙食、管理账目，事情都是平平淡淡、琐碎细小的。怎么把司空见惯的平凡人物写得不一般？那些日子我是挖空心思，搜肠刮肚。记得大年三十和正月初一，我们到食堂去吃饭，才知道过年了——魂都用在讨论稿子上了。

内容就只有那么多，那么平淡，要想写出新意来，出路就在文章的思路上，这一点大家的看法是一致的。

讨论大、小标题时，大家你说一句，我说两句。当时有副科长，有干事，有排长，还有我这个兵，大家很兴奋，思路也很活跃，讨论时有说正经的，也有打诨的。司务长用得最多的是算盘、账本和钥匙，有人说叫"铁算盘""铁公鸡"，但反对意见出来了，认为当司务长不能光会抠门，"铁"字叫起来缺乏灵活性。我们又从钥匙想到锁，司务长房间门上有锁，房子内柜子有锁，桌子抽屉上有锁，那司务长不就是连队掌管钥匙最多的人？大题目就叫"锁"，意见又统一了。稿子内容大致可以分为四块：一、计划开支，精打细算；二、民主管家，群众监督；三、按章办事，遵守制度；四、严于律己，以身作则。

可这样的小标题又太老套、太俗气，与"锁"没有联系。难、难、难，如同登高山。那两天，我们白天争、晚上吵。如果退回去，按照老套路写，不会杀伤那么多脑细胞，但的确是老生常谈，没有什么味道，多数同志不甘心。

紧扣"锁"这个大题目，再设计小题目，又要贴切形象，还能表达清楚意思，的确像是遇到了拦路虎。脑子总在平地上打转，跃不上新高度，打不开新思路。副科长看大家的脑子都僵化了，就说休息半天，大家放松放松，到外面去看看，搞搞娱乐活动，说不定分散了注意力，大家的灵感就来了。

正月初二，上午我们又集中讨论。休息了大半天，大家头脑真的清晰多了，讨论起来也顺畅多了，主要围绕"锁"与"钥匙"发表自己的想法。

有的说，司务长首先要计划花钱。一个好的司务长要会算账，每笔开支都要事先计划，先拨拉拨拉算盘，或者先拍拍脑袋，或者先扳扳手指。

"好！"副科长说，"扳扳指头再'开锁'，第一部分就用这个题目。"

有的说，锁有多种，有卡子锁、弹子锁、弹簧锁，还有最新出现的号码锁，也叫密码锁，要求给每一个司务长装备一个。司务长要开支，必须符合上面的规定和群众的利益，这两条就是密码，这一块就叫"不对'号码'锁不开"。

前两关攻破了，之后的标题很快出炉了："锁"人先得"锁"自己，比喻司务长以身作则、严以律己。

最后一部分是发挥连队经委会的作用，民主监督，管家理财，从"钥匙"联想到大家来管。

至此，大标题《锁》，副标题《标兵司务长陈友安》，四个小标题《扳扳指头再开"锁"》《不对"号码"锁不开》《"锁"人先得"锁"自己》《一把"钥匙"大家管》，都定下来了。大家都感觉形象、直观、生动，富有新意。难关终于攻克了。

一九七八年的这个春节，真是过得特别有意义，胜过一顿美味佳肴。

稿子写好了，领导又让我第二次进京送稿，我很高兴地接受了任务。由于有了第一次送稿的经验教训，这次我很快就找到了军报分管军事后勤的顾伯良编辑。因为上次我也帮他用毛笔抄过墙报，他一见我就请我坐，还要帮我倒水。他把稿子大小标题看了一遍，情不自禁又念了一遍，连声说："写得好，写得好！特别是标题，题好一半文。"

顾编辑接着说："稿子长了点，我会压一压，画个插图，加个编者按，放在重要位置。小陶，你再写一篇体会，题目就叫《标题是文章的"眼睛"》，在《解放军报》通讯登出来，让更多的新闻工作者了解你们构思文章标题的过程，肯定对大家有启发、有帮助。"

我住在西直门总政招待所，离报社不远。我回到住处，把我们从发现陈司务长到写成稿子，特别是反复推敲大、小标题的过程写成一篇体会文章，第二天，按照顾编辑的吩咐，送到通联处。一位编辑告诉我，这期已经印发，要放到下一期用。

这次送稿我收获颇丰，连同这篇通讯和《标题是文章的"眼睛"》在内，在军报重要位置登了两篇稿件，又认识了军报的好几个文字高手，并记下了他们的联系电话。

另外，"活跃的练兵场""愉快的星期天""怎样当好连长指导员"等栏目还和我约了稿，回到部队有稿子写，再也不愁稿子登不上了！

后来，我又多次去军报送稿子，遇到不少新的难题。

有段时间，由于宣传需要和某种规定，每年"八一"建军节前夕和"硬骨头六连"命名纪念日（一月二十二日），军报都要发一篇写六连建设经验事迹的文章。两个日子相差半年，一个普通连队在这么短的时间里，哪有那么多新鲜事？官兵哪能产生那么多的新思想、新语言？可是，领导要求每次必须写一篇，篇幅还不能短，还要放头版，最少大半版，更完美的是再加个社论，起码也要有编者按。

硬骨头真是难啃，但再难啃也得啃。每次领导都点名让我参与。我们经常挂在嘴边上的话，就是用"硬骨头精神"写好"硬骨头六连"的稿子。

记得有年"八一"节前几天，我们到了军报，正好碰到兄弟军区推出了一个重大个人典型——模范指导员。他们近水楼台，又有军报驻军区记者站杨站长带队，军区新闻处、军区宣传处副处长"站台"，我们只有我和师里的夏干事。相比之下，我们是势单力薄，他们则占尽天时、地利、人和的绝对优势。

七月二十五日上午，军报政工处处长（正师级）把我们召集到一起说，两个大典型，一个是连队，一个是个人，稿子都希望在建军节前见报。这段时间，军报版面特别紧张，社领导明确指示一个节前上，一个节后上，节前看二十九日到三十一日这三天哪天能排得开，就在哪一天登。

我们两家都住在西直门总政招待所，不在同一幢楼，但有时吃饭碰到了，他们是笑声朗朗，我们则默默不语。我和夏干事昼夜不停地找例子、凑素材，一个人说，一个人写，写一段改一遍，念一遍抄一遍。二十八日上午稿子写好，我俩一块送到了军报。回来后听说他们写的稿子放在房间里丢了，不知谁拿走了，他们急得像热锅上的蚂蚁，互相埋怨。那时没有电脑，写稿都是手工作业，而且是多人一起写，你一言我一语凑成的，稿子丢了回忆起来就比较困难。听到这个消息，我们心中暗自庆幸。

我们的稿子登出来了，还是头版头条，加了编者按。我们高兴了，可他们却怀疑是我们做了手脚，但又拿不出证据来，只能私下嘀嘀咕咕，不敢公开来质问我们，但见面时，他们的脸色和态度与过去判若两人。

事隔多年，杨站长已调到军报工作，来浙江部队出差碰到我，半开玩笑半认真地说："老陶，当时真没想到你们会来这一手，狭路相逢勇者胜，智者也能胜！"

我赶忙澄清："杨编辑，有些事是巧合，有些事是偶然。这事过去这么多年，你还记得。你不知道我们当时也真为你们着急呢！"

这件事一直是个谜！

还有一次，也是到军报送六连的稿子，参与写稿子的一共六人。去北京的三人，其中一个是一师的廖光声，他是一师新闻报道战线的老兵，干这行有几十年了，当干事就超配，一直超配到师农场任副政委。

一团招待所安排住房，把廖光声的名签"廖副政委"中的"副"字写漏了，他一进门就发现了，马上把名签揭下来，揉成一团丢进垃圾袋里。别人问他为什么，他说："南京军区有廖汉生政委，你们把'副'字去掉了，别人以为我要与军区廖政委平起平坐。"大家听了哈哈大笑。他挺认真地说："这个玩笑不好随便开的。"

这下大家明白了，因为他是新中国成立前入伍的，家庭出身不太好，经历的政治运动多，也挨过整，所以顾虑多一些。

廖副政委在军报有许多老朋友，有的打了二十多年交道。他上北京有个习惯，带些师农场自制的小茅酒（高粱烧），晚上约几个朋友在房间里喝两盅，多数时间把酒带到招待所饭堂，自斟自饮。

这一次，他看人多，估计改稿时间长一些，就用塑料筒装了二十斤带上了。没想到这次带的酒派上了大用场，成了写稿的催化剂和润滑油。

我们一到军报，就把一篇通讯、一篇评论送给了范副总编。范副总编因业务能力强而闻名，是被破格提拔的，刚刚上任，一副春风得意的神态。他把两篇稿子翻了好几遍，开始对廖副政委说："老廖哇，我们是老朋友啦，就直说了啊，这两篇东西都过不了关，写得太平、老套，与新的形势不吻合，要推翻重来。"我们与范副总编也认识多年，他看中叫好的时候不多。既然派三个人送稿子，我们也做好了"重起炉灶另做饭菜"的准备。但我们认识问题的水平和理论高度是达不到他的要求的，重写也是白费功夫。

姜还是老的辣。回到房间，廖副政委不慌不忙地说："黄干事到街上去弄几个熟菜，花生米、猪耳朵、海带卷、泡大蒜头、酸大白菜、皮蛋，小陶吃完饭到食堂借几个盘子、几只碗、几双筷子，晚上请范副总编到房间坐坐，顺便请他喝两盅。我现在打电话和他讲好，免得晚上他加班抽不了身。"

他到隔壁房间去打电话了，个把小时才过来，说范副总编开始说没时间，经不住他劝，又说八九点钟后过来坐坐。

黄干事把菜买回来了，廖副政委逐一过目，说马马虎虎，反正范副总编这个人也不大讲究饭菜。

在食堂里吃完饭，我就去借了十个盘子、五个碗、五双筷子，付了一百元押金。

回到屋子里，廖副政委又发话了："小黄你去准备好本子和笔，把范副总编的谈话尽可能地记全，潦草点也没事，只要你认识就行。小陶和我就陪他聊天，当然小陶喝酒的任务要重一些，准备喝倒！"

直到这时，我才明白廖副政委为什么不急于重写稿子，而是在酒菜上下功夫了。我连声说："廖老你真是'料老'，江西老表真是厉害，真有两下子。"他说："这么多年了，玩点雕虫小技，一举多得嘛！"

范副总编果不食言，晚上快九点真的来了。

他一看桌上的摆设，连声说："老廖啊老廖，我估摸着你叫我来就是陪你解解乏。"说着就坐下了。

因为范副总编与六连打交道也有十多年了，每次到部队都要喝几杯部队土制的军魂酒。他说这种酒有红星二锅头的味道，边说边喝开了。廖比范大七岁，他俩喝酒是一对一，我敬范时也要敬廖，否则范说我不公平。黄干事有时也礼节性地敬一敬。

酒过三巡，范副总编主动说到稿子，说通讯应该写什么主题，小标题怎么破，分几层意思，用什么例子；评论立意要高，带有方向性、指导性，题目也要有号召性。

这时，廖副政委赶快给我使眼色，我开始敬酒。廖副政委说："小陶你年轻，三杯敬范总一杯。"我站起来自斟了九杯，又倒进碗里，一口干光。范副总编说："那我也要多喝一点。"廖副政委说三杯就行了，范总说"四四如意"嘛。

范副总编满面红光，连脖子上的筋也一鼓一鼓的。酒是差不多了，他越说越来劲，也越说越具体，这是我们求之不得的。

时间很快到了深夜十二点，范副总编要去操场散散步，吹吹风。听说范副总编惧内，酒喝多了回家会挨老婆骂，就睡办公室。原来是躺沙发，现在提了副军职，有卧室了。廖副政委马上叫我陪他去，我就跟在范副总编后面，沿着操场一圈一圈地走。他也不说话，只是大步地走，腿有时不听使唤，忽左忽右。走了个把小时，他清醒了一些，说要回办公室休息，我就把他送到办公室，给他倒了一杯温水让他喝了，之后关上门回招待所了。

黄干事一夜未眠，把范副总编的讲话整理出来，早上交给廖副政委。廖副政委用了一天时间，这里加加，那里改改。晚上我和黄干事又分头抄，我抄通讯稿，黄干事抄评论稿。

一天两夜的流水作业，两篇稿子都写好了，送到范副总编那里，他一看，眼睛就亮了，连声说："这下子改得不错，有气势、够分量，写出了'硬骨头六连'的新发展、新经验、新特点。你们辛苦了！"

稿子第三天就在军报头版头条发表了，评论也以军报评论员的名义放在头版右边加框，分量就更不一样了。

通过这次经历，我深深体会到，酒用对地方，真是威力大呀！

改稿子

一九七九年四月，一天晚饭后，师政治部干部科王干事悄悄告诉我："军政治部干部处来了通知，要调你到干部处去工作。你去了可要多关照我们，不要摆架子。"

我半信半疑，军干部处为何会调我去？

王干事可是干部科的主力干事，主管任免事项，他不会随便开玩笑的。

第二天，科长正式通知我，四月二十九日到军政治部干部处报到。

记得二十九日那天下大雨，师管理科陈科长派了一台解放牌大卡车，装着我的唯一家具——一个炮弹箱到了军部。

直到好几年后，组织处郭处长才告诉我，是首长和任处长推荐我到军里工作的。

组织处管内勤的曹干事来接我，说是马主任又把我安排到了组织处，还说："听说你写材料很有两把刷子，今后就好好'刷'吧。明天整整家，后天就随工作组下部队，第一站到金华三师去。"

四月三十日下午，工作组就去会议室集合，由带队的郭副主任动员。说是第三季度，军里要召开训练中的思想政治工作会议，我们到各个部队去跑一跑，摸准情况，主要是发现做得好的，准备交流一下，再就是看看还存在什么问题，拿出解决的办法来。

军副政委和政治部主任都参加了会议，还提了具体要求。

工作组由郭副主任带队，由组织、干部、宣传三个处的副处长以及五个干事组成。我们处是蔡副处长、杨干事和我。

五月一日，我们从三天门火车站先坐火车到杭州，再从杭州转火车到金华。一到金华火车站，只见站台上已经站了几位军人，最前面的一位人高马大，脸盘大大的。

杨干事告诉我，他是三师政治部李副主任，原先也在我们处当过干事、党委秘书，他们都是来接我们的。

出了车站，李副主任陪着郭副主任坐北京吉普先走了，剩下的人坐大解放，直奔三师招待所。

在三师开的第一个座谈会，就抓到一个"反面典型"。有个团参谋长，外号"铁嘴"，在发言中讲："政工干部到训练场没有用，耍嘴皮子调动不了训练的积极性。"

郭副主任听后很恼火，狠狠地批评了这名干部。郭副主任还说，这充分证明，我们召开这次会议很有必要，当前就是要解决干部的认识问题。

我听说这个参谋长很有能力，很年轻，也有个性，但是很傲气。本来他若收敛一点，发展将是很顺利的，谁知就是这句话，被领导反复批，他也不买账、不认错，仕途也就一直受到影响，与同时代的人相比，差了一大截。他的才华被耽误和浪费真是有些可惜。

这件事情也使我震惊不小。有时候一句话就能改变人的一生，"祸从口出，病从口入"，古人的话的确是真理。

个性不能改变，但可以修炼，棱角可以打磨。但作为领导，也要宽容下级，发现过错严肃批评教育是应该的，但不能记账、反复提，抓住不放，把人看死。

我们从三师到一师、二师，再到军直属队，用了半个多月时间，开了十几个座谈会，各个层次的人都有。

因怕回军部干扰大，我们就住在二师四团写材料。材料的框架结构习惯采用"三三制"，一个材料分三个部分，三个副处长各负责一部分。三个部分又各分三块，我写一块，就是九分之一。

开始我们用一天时间讨论大、小标题，选素材，对要用的正反例子，一个一个地反复推敲，主要是考虑单位平衡、关系轻重、顺序先后。

副处长和老干事唱主角，我们只是听。第二天上午，我就按规定写了一千多字，交给了杨干事。下午我边看书，边等着杨干事改。

晚饭前，杨干事把材料还给了我。我一看傻眼了，整篇材料只留下我写的几十个字，其他部分都被他画掉了，稿纸两边空白的地方被他写得密密麻麻，相当于他重写了一遍。

我简直无地自容，自尊心、自信心受到了极大的打击。晚上我认真看了一遍，越看越不服气，但也只能忍气吞声，把杨干事改的稿子誊抄了一遍。

等稿子送到副处长那里，谁知又被改得面目全非。我看得出来，杨干事心里也不是滋味，吃饭时他一改平素的谈笑风生，一声不吭。我又把副处长改的稿子看一遍，誊写一遍。

副处长改的稿子除了语气架势大一些，其他也没有什么独特的地方。

我带着疑惑的心情悄悄地问宣传处的乔干事，他说话挺实在的，解除了我的困扰："小陶你是新干事，写的东西如果老干事不改，等于他认可了，那他水平不是和你一样吗？送到副处长那里，也是一个道理，他不改，就是干事的水平，怎么当处长呀！送到部首长那里还要准备再改，一级比一级的水平高。小伙子，不要想不通，徒弟只有崇拜师傅，才能服从师傅。十年媳妇熬成婆，等你当了'婆婆'就好了。"

这下子我全明白了。

后来我也成了老干事、副处长、处长，我就不这样做，新干事写的，只要过得去就不改，有些不妥的，提点建议让他们想想再改，这样既调动了下面同志的积极性，自己也少受累。

我在军机关工作了十五年，主要是与文字打交道。这十五年的笔耕生涯，充满了艰辛和奉献，历练了我的人生，在我的生命历程中至关重要。

有位领导说过，政治机关干部的工作属于思想库、智囊团，是首长的外脑，要做到这些是要付出代价的。

在报道组和组织处，同样都是写材料、写文章，但感觉是不一样的。写新闻稿件，自己做主的多；写机关公文或给领导写讲话稿，是要与首长同步思考，不同的首长有不同的文化层次、思维方式和语言习惯，机关干部要适应每个首长的口味。舍得"喝墨水，费脑水，出汗水，流泪水，尿黄水（上火）"，就能够干出点名堂来。

刚到组织处时，除了下部队写材料，我还不是很忙，但种菜的任务重，每人每年要向食堂交五百斤菜。我们处编制九人，超配两人，共十一人，种菜任务是五千五百斤。

军部在湖州山沟里，各处都有一大块地，尽管种的都是普通菜，但农活还是很多的，要翻地、施肥、锄草、杀虫、浇水。

处长几乎天天凌晨五点叫我起床，我挑着粪桶跟着他到各家厕所后面的蓄粪池掏粪，动静大了还会影响别人睡觉。由于掏的人多，有时收获很少。

六点钟又要出操，到了下午四点多，处长又吆喝手头没事的人去种菜劳动。

处里同志的思想觉悟参差不齐，有的人一到这个时候就借口有事情开溜。

我是个新干事，有事也得放下，跟着处长到菜地。有时劳动量大，人又少，只能推迟吃晚饭，把活干完。

政治部也抓得很紧。有个副主任经常讲，我们是南泥湾住过的部队，参加过大生产运动，自力更生、丰衣足食，这是发扬光荣传统，不仅仅是种菜。

郭金华是党委秘书，他种菜很积极，经常是他和我干活。处长岁数大，只能干些轻松的活儿。

记得刚去的那一年，我们种了十几块地的萝卜，遇到干旱，天天要浇水。我就和郭秘书天天从下午一直挑水到夜里，看不见就用手电照明。深秋有点寒意，我就穿着毛衣，毛衣经不起扁担来回磨，两肩毛线断了，一下子破了两个大口子。

每当带着疲倦的身体回到宿舍时，我就不想在军队干了。

有一个周末，我到四团看一个老乡，他在炮兵连当指导员。吃午饭的时候，我突然想到他们连拉炮都是用骡子的，有粪便。我就跟他说处里种菜没有肥，你们连队骡粪给我们一点。他满口答应，当天下午就派了一台车，拉了满满一车骡粪堆在菜地边上发酵。有了肥料，再也不用起早了。

这年年底，我们处上交的菜平均数量最高。部里评我为劳动模范，奖励了五元钱，我买了烟分给大家了。

通过老乡解决肥料问题，我一下子开了窍。四团有十几个老乡，多数都是连队干部，处里一有大的劳动或其他困难，我就去找他们帮忙。

记得有次栽樟树，一人两棵，共二十二棵，我去找了一个班的战士过来帮忙，不一会儿就栽好了。处里同志都很高兴。

我唯一能回报他们的就是利用周日到连队了解情况，写篇报道，至少也能在军区报纸上登一下，他们看到了也挺高兴的。

大约过了三年，菜地交给了连队，下部队开会、写材料的事情就更多了，体力劳动活也让连队的干部、战士干了。

重回军部组织处

　　人老了容易怀旧。离开一军政治部组织处已经二十六年了，我计划回去看看。尽管从大门到办公楼早已重建了，没有一个熟悉的同事了，但我在这里工作过十五年，职务从副连到副师，也在此成家。女儿在这里从幼儿园、小学读到初中。我的几位兄弟多数过了或到了花甲之年，可喜的是身体都健康，生活很安顺。我在干事、副处长、处长的座位上坐下各照了张相，前后大约十分钟就离开了。

　　十五年中有许多往事常常在我脑海中翻腾，长夜难眠。

　　我是一九七九年四月二十九日去报到的，五月一日随工作组下师团部队调研，几个单位转了半个多月，等回到军部后才跟着老干事，把军部里里外外走了几遍。我周末到湖州市里去逛街，中午吃了特色小吃千张包、诸老大粽子、太湖银鱼炒蛋等。段干事问我愿不愿意来军部里，我脱口而出："不愿意！""为什么？"我说："师里驻在公社，这里是大队，师里离宁杭公路近，到汽车站才几百米，这里山沟离汽车站十多公里，进出一点都不方便。这里年轻的单身汉少，大家吃完晚饭打篮球都找不到伴儿。

军部后面还有座白雀寺，一座残塔，一间破庙，住着一个人，色调单调，时光难消！有个报社记者曾幽默风趣地说过，这地方连苍蝇老鼠都是公的！"段干事连忙打断我的话说："人要学会适应环境，住的时间长了你就会爱这个地方的。这环境不仅有利于学习、养身体，还没条件出事、犯错误。这些都是我后来慢慢体悟出来的。"

为什么军部与寺庙放在一块？我听军区老记者讲，当时舟嵊要塞有好几个师，沿海的宁波、台州、温州、嘉兴军分区都是副军编制，下辖众多部队，他们是属地防御。陆军驻扎两支精锐部队，主要沿浙赣铁路一线。当时华东军区司令员是许世友上将。在选另一个军部位置时，他来回看墙上的军用地图，几个地方都不如意。当他看到法华寺（白雀寺）时，他眼睛一亮，用手中的红笔沿寺庙下端画了一个"○"形的圈，把笔猛地一戳，地图纸上出了一个洞。他说有寺庙的地方隐蔽、空气好、清净，且这里离宁杭公路才两公里多，修一条路很方便，有利于养兵，军部建在这里很好。他一锤定音！后来从杭州至长广煤矿又修了一条铁路，以运煤为主，叫长广线，但这也是一条战备路，地图上是查不到的。每天有两趟客车从杭州开往牛头山终点站，上下午各一班，军民合用。部队机动走这条路，官兵出差探亲也大多走这条路到杭州中转。公路修通了，附近老百姓就陆续把房子建在军部四周，大队名字干脆改为军民大队。到了湖州问军部没多少人知道，问白雀公社军民大队保准有人告诉你，到了白雀寺就到了。

再说那座寺庙，有上千年历史，关于它的传说甚多。有的说中国只有那里的观音是男人身，有的说那里的观音是一只仙鸟，还有的说那里供奉的神很灵验。那里的僧侣多来自江苏南通，苏南上海一带人笃信佛教，佛教反而在浙北人心中地位不太高，寺庙香火一直很兴旺。据说抗日战争时期，浙北一带驻了国民党一个旅，旅长霸占教会医院（现九八医院）一部分作指挥部。旅长看中了一美女，让卫兵送到法华寺藏着，托付住持看管。有个胆大妄为的家伙趁旅长不在时，把美女强暴了。旅长骑着高头大马，兴冲冲地回到庙里，见到披头散发的小女子，问明情况后就要去宰了那个吃了豹子胆的家伙。那家伙听说这个情况后吓得跑了。旅长气得让部下把姑娘塞进那里唯一的一口井里，又放了几把火把整个庙宇烧了。房子没了，井里有死人水又不能喝了，于是大家各奔东西，法华寺就这样破败了。这传说不知真假，我刚到这边的时候还看到一些残垣断壁。水井也在，水很清，但是没人饮用。这里重盖了几排房，垒了围墙，建了个门，门上面写的是"后勤部木工房"。现在寺庙恢宏的几幢殿宇是后来陆续加盖的。

　　刚去的头两年，工作很闲。因为军政委是个老八路，在战斗模范团、师当过政委，是从外单位平调来的。首长很务实。一年机关下两次部队，他一律乘火车、公交车，讲话稿从不让机关人员写，军党委年终总结三页纸都是他用圆珠笔写的，大半页内容是工作，其他两页多纸都是讲问题、教训和责任。我们不理解也不敢吭声。处长请示首长："是不是写太少了，要不要打印？"首长说："工作要干，干得少、干不好写得再多再好有什么用！打印是浪费，你们弄两份，一份上报，一份留下来存个档。"

工作没事做，军里就让机关干部开荒种菜，每人每年交五百斤菜给司政后食堂。军里还经常组织机关干部到农村去干活，特别是农忙季节，几乎每人要轮换去干一个星期，政委让军首长也去。当然村干部都认识首长，不会让首长太累着，中间还送些小吃和茶水。

政委下部队也和我们一块买票坐车，我们不敢挨他坐，更不敢说笑话，很不自在。他经常问这问那，我们简单应对，他明知道也不吭声。下部队要报销差旅费，要交伙食费，回来我们再领补助。有次他打电话来说把车票送给他，把垫的伙食费退给我们。我去他办公室，说车费是可以报销的。他说："我不缺钱，车费不用报销了。"他拉开抽屉，说："你看看，都在这儿。"好多车票、伙食费收据，具体多少张我不敢数，我就收下了他的伙食费。走出门我很不理解，该报销的也不让报销？我们一个月就五十几元钱，上半月松下半月紧，如果不报销，养家糊口就成大问题了。

政委很有爱心，每天机关出完操时，正好赶上幼儿园、小学班车停在大门口，上班家属和学生排队上车。政委走到车门口，一个一个小孩地照看着，遇到个子小、身体弱的他还亲手扶，嘴里连说："小心点，小心点！"刮风下雨他打着伞去，一天不落。如果哪天他没到，肯定是有事离开了军部。他对基层官兵特别有感情，常说："平时靠连队，打仗靠他们。"有个团出了个连长典型，他爱兵如兄弟，连队像铁拳，后来累倒不幸逝世了。政委带着我们听那个连长事迹汇报，他不停地擦眼泪。他指示组织巡回报告团，连长妻子也参加了。在军部大礼堂他亲自主持，当连长妻子讲到丈夫爱连队胜过家的事例时，政委不禁失声哭了，震惊了整个礼堂官兵。这件事一传十，十传百，整个部队沸腾了，上下都激动了。

记得，那时组织处有十一人，一位处长、两位副处长，共四间房间，一大三小。三间小房间，一间是仓库，放党表、团表、功证章、学习资料，塞得满满的；一间类似值班室，里面坐内勤干事和青年干事；一间是党办，坐党委秘书和纪检干事。大房间是由两间小房间打通的，坐三位领导和四名干事，九张桌子按"品"字形摆开，每张桌子坐一个人，还有两个位子空置，是给来人预备的。组织处负责党团工青妇有关工作，负责奖惩以及烈士、伤残、病故、因公牺牲的评定等。一个人主管一项业务，另外兼管其他事项，有时领导也会分派一些临时性的工作。

我是最年轻的干事，有时会帮三位处领导干点家里的事。军部后面有个游泳池，里面的水是山涧水，天天夜里换。游泳池每到夏天开放，人数有限，主要面向部门以上领导和小学以上的孩子。他们游泳时间是每天晚上七点至九点，机关干部是周日白天，直属队的官兵是周一至周五白天轮流，周六游泳池整修。几位处长，共有六个小孩，四女二男。因处长们忙，他们就指派我负责带去带回，教他们游泳，保证他们安全，我很乐意干这件事。他们一到水里就光玩水，把学游泳都放到脑后了。

那时思想还很封闭，有次在大礼堂放日本电影《望乡》。早几天大家就议论纷纷，交头接耳，神秘兮兮的，说里面有光屁股的，还有许多怪动作。大家想象、猜测，讲得绘声绘色，恨不得早点能看到。

某位处长听到传言，担心自己家的姑娘看了会有害处。电影放映那天，他把几个姑娘锁在家里看书做作业，并且拿走了钥匙，让我坐在门口严守紧盯。他和夫人说到湖州九八医院看病号，却早早朝礼堂方向走去了。

我心里很不情愿，也不高兴，但处长有要求不敢违抗。

几个小姑娘在房子里哭哭嚷嚷，又是踢门又是摇窗户，过了一会，又来软的，说："好陶叔叔，放我们出去，我们也要看电影。"

我看四间房间的窗户，只有卫生间的栅栏铁条稍细，可以掰开，小孩侧身能挤出来。我就喊她们老大把插销拔起，窗户打开。我用力掰开铁条，她们一个一个地钻了出来。之后，我又将其恢复到原状，关上窗户。

我带着她们一边跑一边说："你们爸爸妈妈回家后，不许和他们谈论看电影的事情。"

我们赶到礼堂一看，全坐满了，连过道上都是人，坐的、蹲的、站的，到处都是。我上二楼找到放映房敲门，电影队队长一看是我带几个孩子就明白了，放我们进去了，让我们几个人在那儿看。离散场还有十分钟，我又带她们撤出来，提前赶回家，从原来的地方爬进去。

处长夫妇回来一看，挺高兴的，连说谢谢我。但小孩子到底经不住事，最小的哈哈大笑起来。

处长大吃一惊，我赶快离开了。

第二天处长见到我像什么事都没发生似的。

当时没电视机，文化活动很少，除了每周放电影，逢年过节地方慰问演出，再就是参加婚礼闹一闹。司政后三个机关，只要有人结婚，军部大院都当作大喜事。婚礼都在各自饭堂举行，大人小孩都去看新娘，凑热闹。闹洞房时，打擦边球的多，说话到犯浑处打住，手更不能乱摸。基本是闹到凌晨，新郎新娘筋疲力尽，举手求饶才肯罢休。三个机关骨干分子就那么几个，新郎一个一个地说好话求情，大家才离开。有人说："一人当新郎，个个喜洋洋，夜里拍枕头，几天回梦长。"

秋天到了，幼儿园开学了。

干部处几个人（有未婚的，有已婚但妻子没随军的）晚饭后经常从我房子旁边一条小路走过。有一天，我问他们："去哪里？干什么？"

他们说去看彩电。那时彩电很稀有，我说那我也去看看。

路上，吴干事悄悄告诉我："幼儿园新招了几个女老师，年轻又漂亮，和彩电里的人一样。今天我们约好一起去，她们也都在。"

我说："好呀！你们是近水楼台啊！"

我们到了幼儿园。他们人多，就开起了我的玩笑。我连忙反击说："你们看美人心虚，拉我来做伴壮胆子。你们干脆去给我们演台节目，让大家都饱饱眼福。"

后来，干部处单身干事怕被说闲话，迟迟不敢追求女老师，几个美女就这样让其他处里的同志"俘虏"走了。

到了春节前夕，上海交响乐团到军部慰问，为了让湖州驻军多数官兵都能看上，在大礼堂连演了三场。为了文明友好表达军人的热情，军首长专门指示文化处处长要给部队做好动员教育工作，要有礼貌，守纪律，唱歌要响，口号要响，特别是掌声要响。第一天演出很成功，官兵们手掌都拍红了，演员们一再鞠躬谢幕。

第二天，乐团著名的曹指挥和团长、书记召开座谈会，让官兵们谈观后感。大家互相推辞不发言，文化处处长点名按顺序来，每个人都说好、很好、太好了，往下就没话说了。

曹指挥问，大家看懂了吗？

大家都把头低下了。

曹指挥又问，是第一次看吗？

大家轻声说："是！"

曹指挥说，怪不得昨晚他在现场就发现大家没看明白，掌声很响，但许多都不在点上。部队的人真是听话守规矩，坐得端端正正，一个个像钉在椅子上一样。他还说这不怪大家，是他们普及交响乐的知识不够。后面两场演出前，他会用半个小时时间先简要普及一下知识，这样大家再欣赏时就能看得懂一些！

二〇一三年春天，我在中央党校学习。中央音乐学院著名教授来开讲座，五个晚上，十个课时。我想起了这件往事，就天天晚上去听讲座，真是受益匪浅。活到老，学到老，这真是至理名言。

不知何时，组织处的工作重点转移到组织开会、写稿子上来了，几乎占了三分之一的时间。开会是根，稿子是叶，根多叶繁。

写材料大体分两种，一种是给领导写讲话稿，一种是写先进典型材料。最难最怕的是写讲话稿，因为要按领导的思想和意图来，脑袋要与领导的同频共振。领导不满意，要改几遍，甚至有时要全篇推倒重写。有时明明是领导的不是，但我们也只能哑巴吃黄连。记得有一次开一个现场会，华东五省一市来了不少高校领导，军首长要作关于部队如何培养人才的主旨讲话。我们按照领导的意图三番五次地撰写、修改讲话稿，最后定稿后打印出来。开会那天，会议代表每人一份，早早放在他们位置上。领导上台发言基本上是照本宣科，有几个字都念错了，推荐的"荐"念成了"存"，压抑的"抑"念成了"扬"……坐在主席台上的南京军区首长脸上挂不住了，令其停下，狠狠地批了他一顿，才挽回了点面子。散会后，那位领导把我们几个叫住，对我们发了一顿火，说为什么要写那些字，是不是故意让他出洋相。我们真是太冤屈了！

通过实践摸索，我们总结出了一套应对的办法。一是先入为主。一到开会，我们就把讲话稿大纲先列出来，报给领导看，让领导顺着我们的思路想问题。个别领导懒得动脑筋，我们说什么他都没意见。二是通过控制稿子字数以达到控制讲话时间的目的。那时写材料完全靠笔，一个格子一个格子地写。有的会议至少三个领导要讲话，两位主讲一位主持。处里人既要招呼与会人员吃住，又要负责会场协调，讲话稿几乎是一人写一篇，且大部分是晚上九十点杂事办完才开始写。一写一通宵，经常是流水作业，一人写一人抄。到了凌晨三四点弄好了，轻松了也兴奋了，大家就打会儿扑克牌消遣一下。

有时稿子上午要开会讨论，早晨我们还在誊抄装订，早饭顾不得吃是常有的事。记得有篇稿子装订完了顾不上再审看一遍页码，会场就来催着要了。我就写"呈部首长阅示"，主任这个称呼也顾不上写就写了"呈某某审定"。当主要首长一打开稿子，看到下面页码是"2"时，气不打一处出，摸出签字笔，狠批了一段话："没有第一，何来第二？机关作风如此粗疏，如何得了！"一下子写完，他就抛给了桌子对面的主任。主任一看，脸上挂不住了，把我叫出了会场。到了院子，他把文件夹递给我，但他没有吭声。如果他大声地骂我一顿我也好受一些，但他这样做，我真是无地自容，脸上很热很烫，像被人打了几下子。于是我一路狂奔回办公室改正。

在组织处，大家不知为写讲话稿熬了多少夜，吃了多少苦，挨了多少训斥。现在回过头来想想，那些讲话稿大多数是无用的，废纸一堆罢了。但我们变废为宝可是一个创造。把邮寄包裹的麻袋存起来，把废纸装进去丢仓库，仓库堆满了就到汽车连要台车，把这些废纸拉到附近水泥厂卖给他们打纸浆，一个月可以卖几十元钱，一举多得，节约、保密还环保。这点钱用来买点茶叶公用。那时晚上加班我们事先会准备些小菜、土酒，肚子饿了就吃起来。大家开心得很，困了、迷糊了就歪在椅子上睡觉、打呼噜。

写典型材料要自由、开心得多，因为自主权大，把生动事例写出来，再想好标题、开头和结尾就好。大家七嘴八舌，胡吹乱侃，想象力全打开了，写得又快又生动。有一年六月底，写"硬骨头六连"党支部的新闻报道，事例都很好，题目不满意。报社有名记者裆部生湿疹，他用手去抓，抓了几遍灵感就来了——党支部是硬六连的硬根子，基因好，根正苗壮。《解放军报》就真的这样登了。

还有一次，写一个连队党支部领导很坚强，官兵很团结，连队建设全面好。我们在讨论主题时，七嘴八舌就议出来了"架起连心桥，堡垒作用强"。这在当时引起了强烈反响。尤其是一九九一年宣传部队在长江下游和安徽宣郎广地区抗洪抢险，我们写了个事迹报告稿，讨论题目时想起了在老山打仗时的一句口号——"一个支部一座碉堡，一个党员一块钢板"。于是我们对其稍加改动，改为"一个支部一堵墙，一个党员一根桩"。这句名言后来被中央军委的文件引用了。

最有意思的是总结军事训练中的思想工作。各个单位从年初就开展各种比赛，部队训练龙腾虎跃。各个单位都在想点子，争取在比赛中得第一、夺冠军。那时一个官兵一年只发两双胶鞋，夏天低帮的，冬天高帮的。训练越多，鞋子破得就越多，一到休息时，连队补鞋机忙个不停。有个补鞋员说："训练强度大不大，就看破鞋多不多。"这句话虽粗了些，有些歧义，但它的确是衡量训练的一个重要标准。之后，连队就自发地数起破鞋来，比一比看谁的鞋破的地方多、补丁多。听说"硬骨头六连"的官兵还是夺得了第一。地方共建单位听说后很是感动，专门送去了两台补鞋机。

有个团文化工作开展得很好，被层层上报到总政，作为出席全军青年工作会议的典型，还在大会上发了言。南京军区组织部很重视，专门派青年处陈干事来指导大家写发言材料，军、师也对口派人参加。师里是唐干事，军里就是我。我们三个人到了团里立马展开工作，集体开座谈会，个别交流看法，观摩现场。我们三个人住在团里招待所。陈干事单独一间，我和唐干事两人一间，每天三顿饭到机关食堂吃，因为据团里陪同的股长说，招待所不开伙。为了赶写材料，我们也不在乎住房和吃饭，能凑合过就行了。

过了一个星期，一天中午，我们去吃饭，路过招待所，只见里面人来人往，小锅炒的菜，味道直冲鼻腔。陈干事问："招待所怎么开张了？"股长说，因为要欢送转业干部。我们听完就没吭声了。谁知第二天中午又摆开了一桌，我们进去看有十来个菜。我们问股长怎么回事，股长一看瞒不住了，只好实说："军司令部工作组来考核团里训练进展情况，团里批准招待所给他们开了伙。"我一听就火冒三丈，问是哪个团领导批的。股长说是副团长（团长在住校）。我当时就要股长把副团长叫来，陈干事直拉我袖子，说："算了算了！"

副团长来了，问什么事。我说："我们同是军机关，同到一个团来工作，司令部开小灶，我们吃食堂，待遇为什么不一样？"来吃饭的团机关干部陆续来了，听我与副团长在争吵，就站在那里听。副团长说司令部工作组有军首长，我说我们这里有军区的干事，干事代表军区首长。副团长又找出理由说，他们天天外出作业辛苦。我还击说："露天挖煤工人辛苦，在室内搞科研的人员难道就不辛苦？副团长辛苦，那团政委、副政委就不辛苦？"他哑口无言，脸上白一阵红一阵。我正在气头上，一不做二不休，一气之下跑进小餐厅，两手一抬，把那张桌子掀了。副团长大声说我搞破坏，他马上要打电话到军里去。我说打到中央我也不怕！

我回到房间收拾用品装进挎包，到门口乘公交车，又转长途车回到了军部。

到了军部，处长开始批评我不懂规矩，又带着我到了主任办公室，主任没有直接批评，只是问我怎么发那么大的火。我简要地叙述了一遍后，接着说了早已想好的一番话。我说："主任，司令部、政治部是平级的，都下到一个团工作，凭什么要看低我们。我是你们派下去的，他们小看我，就是小看政治部，轻视政治工作！"主任连忙打断我的话说："没那么严重，年轻人火气太旺了，做事要讲点方法，赶快去把材料写好，代问陈干事好。"

第二天到了团里，住的、吃的全变了。陈干事私下说："这都是斗争出来的。兄弟，你真行！我暗暗地为你捏把汗，以为回去了就来不了了呢！"我说主任也是很生气的，怠慢了我们就是小看了他，无非他不好说出来就是了。

平时不惹事，有事不怕事，有理要敢于争，好汉不吃眼前亏。这是我常给处里同志讲的，我也是这样做的。有一年老兵退伍期间下团里蹲点，我是处长任组长，干部处副处长任副组长。到团里第二天，突然下起大雨来。团机关干事通知我，说军里有位首长要我接电话。我房间没装电话，招待所离团机关有点远，我正准备打雨伞去办公楼接，一位公务员说某副处长房间安了电话，意思是不必上办公楼了。我听到这话，抓起雨伞仍旧跑到办公楼接了电话。

中午团长、政委陪我们吃饭，我故意问服务的战士："是你班长大，还是副班长大？"那个战士回答说："当然是班长大！"团长、政委知道我话中有话，饭后他们很快把我房间装上了电话。晚上他俩又到我房间来解释，说是因为机关工作疏漏、不细心。我说："这不是机关的失误，完全是你们有意这样交代的，说明你们心目中谁大谁小，是按对你们作用的大小来衡量的。"说着说着我嗓门就大了起来："就凭这件装电话的事，可以看出你们人品不端正、势利眼。告诉你们，他们会讲好话，我们更会挑毛病！"他俩一再说对不起，我一直记着这两个人，后来他们转业到地方干得不怎么样。

还有一件事更激怒了我。有次南京军区机关抽调我去帮助写材料，把我安排在部队内部的宾馆。第二天我们加班到深夜，许干事送我到宾馆房间。客房经理说今天接待了一个日本团，为了让他们方便、集中住在一层房间，就让我搬到别的房间里去住。

我一听火冒三丈，坚决不同意。我说："我是昨天入住的，我就是那间房间的主人。你不经过我的同意，随便调整我的房间。把你们经理叫来，重新把那间房间还给我。"经理来了，说已经半夜了，不要影响客人休息。我说："你怎么不说擅自调整我的房间，影响我休息。你必须把我昨天住的房间调整给我，否则我就去踢门。"后来机关又来了好几位同志，都说宾馆做法不对。

过了一会儿，我看到一个日本人迷迷糊糊地走出来了。等服务员把房间整理好已是凌晨三点多了，我很兴奋，睡意全无，就坐在那里看电视。

我这样的性格遇到好领导多，这是我的福气。军里领导为了改善机关干部的生活条件，指示营房处做一批家具，按成本价出售给机关干部，并且做好了摆放到会议室让大家观赏，征求价格合不合理。门口台子上放了一本留言簿和一支笔，可以把意见写在上面。我们排队进去一件一件地看，我看中了一个大衣柜，价格表上写的是一百八十元，我三个月工资加起来还差十多元，心里很气恼烦躁。到了大门口，我顺手拿起笔，边想边写："家具好是好，就是价太高，只能心里想，可惜买不了。"军政委看到了这四句话，问是谁写的，有人说是我。首长大笔一挥，写下了"价钱一半"四个大字，并签上他的名字。第二天我就高兴地到警卫连找了四名战士，把大衣柜抬回了家，一家人的衣服都装进去了，家里显得宽敞、整洁、亮堂多了。

有位首长曾经说组织处是一块铁板，但事实上并非如此。铁板上面是有缝隙的，铁板下面也是有涌流的。七八个人遇到误会，碰到矛盾，争吵拌嘴也是常有的。只不过，大家吵架时像仇敌，吵架后又是兄弟。有次春节，政治部发福利，有食油、大米，还有一只鸡。油用标准桶装，米用袋子装，重量一看就知道，就是活鸡有轻重，但总体上八九不离十。内勤干事分鸡遇到了麻烦，有个干事说他的鸡小了点，对内勤干事发牢骚，内勤干事向我反映，问怎么处理。我一时犯了难，用秤称显然不合适。我想了一下，告诉内勤干事通知大家把鸡退回来，都装进一间小房子里，大家都不知道我下一步要干什么。等天黑下来，我请大家进去自己抓，让那个嫌鸡小的干事第一个抓，最后一只是我的。大家知道了内情，心里都有数，对这件麻烦事也没意见。

一把钥匙开一把锁，有时简单的事复杂地做，有时复杂的事简单地做。 处里买了个四通打印机，多了个打字员（志愿兵）小王。他是湖州农村人，生了个女儿。父母观念旧，重男轻女，经常埋怨小王爱人，指桑骂槐。小王爱人还在坐月子，没有好吃的，还要受气流泪。这弄得小王两边不是人，在处里工作时都带着情绪。小王家里事是管还是不管？我征求大家意见，多数人说管。怎么管，我就犯了难。我想了几天，想了一个办法，问大家行不行，大家说行。那天我到管理处要了台吉普车，把处里生女儿的四个同志叫到一块，买了几个菜，一起坐车到了小王家。两人做饭，我和另外一个干事，把小王爸妈、小王和他爱人叫到一块做工作。我说："今天来的都是生女儿的。生女儿证明男的聪明，你儿子脑瓜灵，很能干。你们两个是旧思想，生女儿与你儿子的关系大。"吃饭时我们四个一一介绍自己女儿的情况。临走时，我拉着老王的手说："你们再不能这样对待儿媳妇了，让你儿子很痛苦，伤害了他身体，还影响了他的工作。"老王连连点头说是自己的不对，给领导找麻烦了。自此之后，小王像换了个人似的，除了工作干得很出色，还创造了一项发明，对医院收费作用很大，后来还被医院聘去了，按处级干部待遇发工资、分房子。他的女儿也不负众望，考上了名牌大学。

有个师上报了个指导员，说是做思想工作很有一套，要上报授称号。听说这个人在团里反映较差，主要有几个老乡在师、团当领导，他们看他家里穷，让他当了典型提了个副营，这样老婆孩子能早点随军吃商品粮。他们把军首长的工作做通了。处里在讨论时意见明显不一致，几个同志坚决反对，说这是个导向问题。也有的说军首长都同意了，何不做个顺水人情。授称号可不是小事，我急忙去找军政委，请示再组织工作组到团里去考察一次。首长指示由副主任带队，以我们处为主到团里找团、营、连干部个别座谈，找连队每名干部、战士了解情况，翻阅他的学习笔记和备课本子，听人说他上政治课的情景。由此，我们掌握了大量的第一手资料。他在该团的指导员里素质和能力较弱，不仅思想政治工作做不到点子上，家属孩子来部队还经常到伙房拿物品，自己买的日用品还充当公用物品报销。在连队官兵测评中，他一般票和较差票占了大多数。这下我们心里有了底，为了慎重起见，我们把他带到军部，面对面地向军首长汇报，回答首长的提问。然后我们呈报了他的考核材料，使这个所谓典型有了真实的"安置"。

带着私心杂念，混淆是非黑白，导致政治干部在某些官兵心目中就是骗子，一文不值。

我是一九九三年二月去一师政治部任主任的。由于部队驻在杭州市边上，房子比较紧张，我就一直住在招待所的一间房里。七月腾出了一套房子，领导让我把妻子和孩子接过来。

处里同志听说了这件事，突然沉闷了，笑声也没有了，进进出出只是点点头，但他们在"精心策划"为我送别。他们计划在我离开的前一天晚上在新处长家做顿饭，大家把家属都带上，好好地痛快一场、拥抱几回，说说在一块的酸甜苦辣咸。王干事还买了长长的一挂鞭炮，打算在我的车子开动时点燃。我听说后好感动，军部山沟我开始不愿意来，现在却又舍不得走。妻子整理东西时泪水不断，女儿更是与小伙伴们哭了一场又一场。我和大家说，在一块工作情深似海，这顿送别宴不要做了，我看着就很心酸，咽不下去。大家都听了我的。第二天凌晨，新处长和他妻子就起来了，熬了一大锅大米红枣粥，几个干事还专门去湖州市里买来了咸鸭蛋和好多小吃。吃饭时谁也不说话，也不动筷，大家眼圈都是红红的。我和妻子、女儿赶紧上车，我用手捂住脸让司机开车。到了军部大门口，我让妻子和女儿下车，我向军部敬了三个礼，她们鞠了三个躬。

重回组织处，我回忆起了许多事，件件在眼前。虽然已经过去了二十多年，但我们组织处的兄弟情感弥足珍贵。生活在杭州的同事，还创作了《组织处处歌》，谱了曲，只要大家聚在一起，就会情不自禁地唱起来，连家属都学会了，有时唱得声情并茂，手舞足蹈，甚至热泪盈眶，一遍又一遍……

　　一帮好兄弟/白雀曾相聚/东奔西走总难忘/熟悉的身影

　　历尽苦和累/快乐驻心底/职来职往似云烟/真情永不移

　　战友兄弟情/立身在诚信/大道正义通天下/潇洒向前行

　　战友兄弟情/举杯同欢庆/相约西子乐天年/永远年轻的心

思路决定出路

江西省军区组织军、师、团政治机关干部集训，我就机关干部如何学会思考这个话题跟他们进行了交流。

有家味精厂库存了五吨味精卖不出去，老总就在网上和报纸上出了一个广告，说谁给出个主意，帮他把库存的味精卖掉，他就给予一定比例的奖励。一个天天在家里做饭的家庭妇女给这位老总写了一封信，出了个很简单的主意。她说："做菜的时候，为了将味精倒得比较均匀，一般在味精盒上面打五个小洞，这样撒一下，味精就撒下去了。如果你们厂在味精盒上打六个小洞或七个小洞，不就行了吗？"现在大家讲味精吃多了不利于健康，那个时候味精可是好东西。五个小洞、六个小洞、七个小洞撒下去，对一碗菜来说，也许感觉不出来什么，但是如果家家户户的味精盒都多两个小洞，一天三顿地撒，那得有多大的量？一个厂的难题，一个家庭妇女就这样轻易地解决掉了。这是我讲的第一件小事。

第二件小事就是当年"小灵通"游戏机刚出来，有一个小孩天天沉迷于玩游戏。这个孩子的家长就给生产"小灵通"游戏机的老总写了一封信，抱怨说他们怎么不做"小灵通"学习机啊，害得小孩子天天打游戏，影响学习。这个老总由此得到启示，稍加改进，就把游戏机变为学习机，结果销量比原先多了好几倍。一个学生家长的牢骚，引起了这个老总的思考，把游戏机改为学习机，他的产品就畅销了。

这两个例子反映的就是思考的作用。思考的作用是不言而喻的。大到一个国家、一个民族，高层领导的思考决定着这个国家、这个民族的命运；小到一个单位、一个人，单位领导的思考决定着单位的发展，个人的思考决定着个人的进步、幸福、事业。

你的家庭幸福取决于你会不会思考，你的成长进步也取决于你会不会思考。当领导的往往跟下级谈一次话，就知道下级会不会思考，能走多远，而且判断得八九不离十。毛主席讲，**当领导的就要掌握两条：出主意、用干部**。出主意就是思考，用干部还是思考。为什么要用这个人？那也是要经过慎重思考的。主意就是点子，点子值不值钱，点子高不高明，都取决于思考。比如，诸葛亮的空城计，毛泽东提出的走农村包围城市、武装夺取政权的革命道路，这些都是伟大的思考。又比如，邓小平同志给了我们什么？他没给我们钱，也没给我们物品，他给的是他思考的成果，从而开创了中国特色社会主义道路，让大家过上了小康社会的日子。由此可见，思考对国家发展、单位建设、个人进步有着巨大的作用。

上面讲的是思考的作用，下面再讲讲思考的角度。

角度决定高度，思路决定出路。我们在飞机上看地面叫俯视，两个人面对面看叫平视，站在下面往上看叫仰视。思考的角度不一样，决定了我们看事物的形状不一样、得出的结论不一样。同样一个问题，每个人处理的方法可能都不一样，这也是因为思考的角度不一样。我们机关干部，给首长当参谋出点子，就是要看首长会不会采纳，如果你说的十句话都不被采纳，那就要反思你思考问题的角度了。

维护一个班子的团结、守护一个家庭的幸福、做好一个单位的工作，事业是核心，素质是基础，感情是纽带，原则是底线。我们思考问题，要把这四句话作为前提，在这个基础上对利弊进行比较。实际上我们干工作像做买卖，要学会算账，要以小的投入换取大的收益，我们打仗也要以小的代价来换取大的胜利。比如，现在大家对南海问题非常关注，一些人就讲，对侵占我们岛礁的一些国家为什么不打呀？可国家是站在全局上去思考、去比较的，看如何用最小的代价来为我们国家实现最大的利益。所以，思考的角度不同，对问题的认识是不同的。

如果你做一件事情、出一个点子，对单位有利，对他人有利，对自己也有利，那是比较完美的。我们机关干部思考的时候一定要想到这"三个有利"，符合这"三个有利"，就要给领导大胆提建议，陈述你的理由。如果这件事情光对你有利，对他人没利，对单位没利，那就要戛然而止，因为那叫损人利己。

我们有的同志给领导提建议，领导为什么不采纳？可能就是出发点不对、角度不对，当然也有的时候是领导不识货。给领导提建议，那是一种思想的碰撞。我们机关的同志有时很苦恼，感觉自己的点子不被领导所接受，不被领导所看重。这就要从自身去找原因，看你思考问题的角度对不对，看你与领导的考虑合不合拍。如果你出的是歪点子甚至是错点子，领导肯定不接受，你可能还要挨批评。机关的同志给张主任写讲话稿，你这个时候就是张主任；给李政委写讲话稿，那你这个时候就要站在李政委的角度，与他同步思考。现在有的同志办事情，老是站在自己的角度，说："我就是干事、科长、处长，干事、科长、处长就我这个水平。"这是不对的。是省军区机关干部，就要体现省军区的水平；是预备役师军分区的干部，就要体现师级机关的水平。

为什么选拔干部都要强调经历？因为经历就是财富、经历就是经验，经过大任务的锻炼，待过这个岗位，思考问题的角度、方法、高度是不一样的。我们政治部主任在总政机关工作过，他思考问题的层次就是不一样。有的机关干部老埋怨，说首长要求太高了。其实不是首长要求高，而是你的积累不够、站的高度不够。我们有的同志写讲话稿，到了领导那里一个字都没被采用，或只被采用了三分之一，那相关同志应该感到惭愧。比如师团单位政工领导的发言，哪些是抄的，哪些是自己思考的，谁平时读书比较多，我们都是听得出来的。我们就是用经历、用经验，来判断他们的底子厚不厚，他们的经历怎么样。还有一种思考，是需要积累的，是厚积薄发的。我们有的同志说："哎呀，我就是个参谋干事，想那些事干吗？"没有思考的动力，那是没有理想的人、不能进步的人。不想当将军的士兵不是好士兵，哪个不想进步啊？当然人的进步是多方面的，职务的提升是进步，知识的长进是进步，家庭的幸福是进步，被社会所认可也是一种进步。一个人不会思考，意味着你就没有高品位的挚友、高质量的生活。

机关干部不仅要把握思考的角度，还要把握领导的性格、领导的思维、领导的爱好，看人说话，当然我不是叫大家去阿谀奉承，而是要让大家学会适应环境。因为你在思考，领导也在思考，如何结合起来思考，把领导的思考用到你的思考中，这是一门高超的艺术。我在老山打仗，军长、政委两人都是党委书记。政委说要评"模范阵地"，军长说要评"钢铁阵地"，两人都有道理。我那时当组织处副处长，主持工作，你说我怎么把两位领导的意见落实到我的具体工作中去？我不能讲："军长、政委你们俩开个会，再商量决定一下吧。"这是不行的。这就需要思考。后来，我把复杂的事情简单化，给每一个先进单位都做两面旗帜，两面旗帜都挂在那里。

我当组织处处长时，对写作自认为还可以，但大场合讲话还不太行，因为没有什么锻炼的机会。我到一师去当主任不久，陪师政委去参加一个团史馆的开馆仪式，本来原定是政委讲话的，稿子都给他准备好了。临上台前，政委说："老陶啊，今天你来讲。"一个甲种团是两千多人，还有地方上的人，还有老前辈，很多人站在下面，我一点思想准备都没有，两腿直发软。另外，我还要站着讲话。站着讲与坐着讲是两回事，有稿子与没稿子又是两回事。这时你不能说，政委还是你讲；也不能说，那你把稿子给我吧。我当时脑子里一闪，用笔在手上写了几个字：第一个是"祝"字，第二个是"欢"字，第三个是"意"字，第四个是"希"字。我先讲团史馆开馆了，代表师党委、师机关表示热烈的祝贺；再讲对前来参加的军内外的领导和同志表示欢迎；接着讲团史馆存在的意义，如教育意义等；最后，提几点希望，如要利用好、维护好、宣传好相关内容等。讲完了，我满头大汗。如果我平时不准备，那就要出洋相了。

再举一个例子。我们有一个团领导，这个人平时不太爱思考。有一次军区在团里开座谈会，军区领导提问时叫他站起来回答，很简单的东西他答不出来，军区领导当时就批评了他。这就是思考与不思考的结果。如果说你思考了、准备了，首长问到你不知道的东西，你可以把话题引开，回答你了解的事情，引起首长的兴趣。比如你不会做大米饭，首长却说天天要吃大米，这时你马上就要说我们这里的面食做得不错，请首长尝一尝改个口味。对不熟悉的领导，你要唱好你的拿手戏，否则就可能越讲越出洋相。

思考是要有准备的，同时思考也要明确方向。

顺着同一个方向思考，叫同向思考；向反方向思考，叫逆向思考。我们省军区这一届班子、这一届领导办了不少难事，也办了不少大事，在办这些事的时候，我们既有同向思考，也有逆向思考，另外还有多向思考。多向思考就是遇到一个问题，我们多方面去思考，拿出多方面的办法，好中选优，使用最佳的。

还有换位思考，换位思考就是要站在别人的角度考虑问题。

我当处长的时候，有次有个首长叫我马上去他那里。那时不像现在有工作用车，他当时叫我过去，我跑得满头大汗，他还批评我说："怎么现在才来？"我回答说："我们没有车。"首长一听，就没再批评我了。他就是在换位思考，多为别人着想。

还有跃升思考，跃升思考就是能够站在更高层次上思考问题。我在国防大学读书的时候，中央军委提出军事战略思想的重大转变。从数量规模型向质量效益型转变的理论就是来源于一名研究生的毕业论文。文章写得很好，军委机关在起草时把它作为重要的参考材料。一个普通的学生，能够站在国家的层面上来思考问题，这就是跃升思考。有人经常会说：我一个干事、一个科长、一个处长，想那么多干什么，没用。其实不对，这是有用的，到时候就有用了。机遇总是垂青那些有头脑、有准备的人。有的人说他运气好，一下子就被领导看中了。其实不是的，只是他平时在思考、准备，你不知道而已。有好多同志在思考的时候，没想到他的思考会给他带来什么，但是如果领导碰到他，他就有可能会得到一个机遇。我前面说到的那个团领导为什么被批评了，如果他有思考、有准备，那是可以避免的，这就是没准备与有准备的不同。

有一个医院的炊事员，平时喜欢学习，喜欢动脑子，粉笔字写得很好，经常出黑板报。有一年军长到他们院里去拜年，首长正好喜欢书法，看到医院的黑板报，首长就问谁出的。院领导说是一个做饭的炊事员出的。首长让人把他叫过来，表扬说黑板报出得很好，后来还把他调到身边工作，经常同他切磋书法。我在一师当主任、政委的时候，有个战士叫黄艾华，号称"五大员"，会种菜、会理发、会烧饭、会出黑板报。我跟他说："黄艾华，你是身兼五大员，样样争第一。"后来他提了干，副营转业。他开始做这些事情时，从没想到会被领导发现。他种菜的时候，为了不打农药，就发动战士在早上有露水的时候去捉虫子。他那时就有环保意识。我就觉得这个战士爱思考，做一件事就想办法做好，而且做事很精细。

还有深层次的思考，我们大家都学马克思著作，马克思为什么能够预测一百多年后的社会形态？这就是他的思考。我们现在很多科学家的预言就是深层次的，大的方向没错，就是最后具体的、小的方面有改动。所以我们对自己的目标也要有个大的把握，大的方向不能出错。你不能说反正有一天我得转业，没必要思考太多。其实，你即使转业到地方也要干好。据报道，各省的领导有四分之一是当过兵的。同一年的兵，同样的文化程度，为什么后来差距拉得很大？有人说他有关系，有人说他有什么，光从自己的角度想问题，是不是思考出了问题？关系面前人人平等，有人会抓住，有人抓不住，遇到了机会要会抓住，这就要看你的思考水平、看你的思维能力。为什么浙江人富有？我在浙江工作三十多年，我知道，他们就是把关系问题处理得很好，在国外赚外国人的钱，在国内到各省去赚钱。毛主席的论"十大关系"，充满了辩证法。现在世界各国都在处理关系，我们单位与单位之间也有关系需要处理。我们与地方领导的关系，还有领导与部队的关系、战友关系、兄弟关系、官兵关系等，关系本身是没有错的，就看你怎么处理，出于什么目的、用什么办法、拿什么措施，并且不能低级化、庸俗化、功利化。

最后讲思考的来源。思考的来源是指把书本知识与我们的阅历结合起来。思考是桥梁，能把我们学到的知识、我们见到的东西与别人的东西，包括古代的东西、现代的东西，结合起来，融为一体，得出结论。没有书本知识不行，没有别人的经验教训不行，没有自己的经历也不行。有人说，我在这个部门不接触中心工作，我没办法了解中心工作。你人在这个部门，但业余时间可以琢磨中心工作啊。军区政研室的一个主任，当时他在集团军政治部任司法干事，我们政治部的同志都佩服他。他经常到各处找材料，哪个处的材料他都有，如作训处的、干部处的材料等。他留心，他有意，他多个心眼，他多手准备。后来他的文章登上了《求是》杂志，他被调到军区政研室当主任，很有水平。别人都讲司法干事，没什么事，但他整天是很忙的，一些材料都不知道他是从哪里弄来的。现在我们说这样不行，要保密，但你可以记啊。我们要善于学习，善于积累书本的知识。

每一个人都要珍惜自己的阅历，无论哪一个岗位都要认认真真做好。要做个明明白白的人，不能当糊涂人、不能当马虎官，要用心工作、用心学习，用心就是思考。同样读一本书，每个人的体会都会不一样，这是因为思考不一样。人生既有鲜花，也有败絮；既有平坦的时候，也有不平坦的时候。别人的教训要当作自己的财富。他为什么受领导批评，为什么被主任说了一顿、被处长说了一顿，你要想一想他哪里出了差错，如果我来做这个事情，会不会出相同的差错。

在两者的结合上要有好点子，要有新点子，要有管用的点子，要有效率高的点子，也就是说我们要善于创新。我们每天都会碰到很多难题、难事，这时我们脑子里面要马上就有反应：政策是怎么规定的，外单位是怎么做的，我还有什么其他办法来解决这个问题，等等。这就要靠创新。政策规定是滞后于实践的，但有一些是先有思考后有实践，要把你的思考用实践去检验，这样你的思考就是有的放矢了。

学会学习，学会积累，学会从别人的身上吸取经验教训，学会从自己的经历中积累财富。展开你思维的翅膀，你就会飞得高、飞得远，能达到你自己的目标，这样对别人、对单位、对自己都有好处。

第四篇

排头兵

为六连写材料

一九七六年九月九日，毛主席逝世。不久后，军委号召全军开展"党委学航空兵一师，基层学'硬骨头六连'，个人学雷锋"的"三学"运动。

没想到，这件事成了我撰写军事报道的起点。

年底的一天晚上，吕指导员找我，说团里让我们连队整理一份如何开展向"硬骨头六连"学习活动的材料。师和团里会写的"笔杆子"都被抽走了，团里说我们连队的材料只能自己写，写好后送到杭州市一团的驻地，让"材料班子"把关审定。

接受任务后，我晚上躺在床上想着写什么、怎么写，心里一点谱都没有，但又想到可以去趟杭州，这很好。上次探亲只是从杭州汽车站到杭州火车站，杭州什么样我都没有看清，这次一定要抓住机会好好转一转、玩一玩，回来也就该退伍了。

第二天，我就翻出连队近几年的总结材料，将其都看了一遍，再把连队的好人好事又仔细地想了想，接着从党支部怎么学、战士怎么学、外出训练怎么学、后勤保障怎么学四个方面开始写，写了十多天，题目是《人人学六连，大家都过硬》。

我写好后送给吕指导员看，他看了一下题目，还念了出来，又向后翻了几页，说："很好，你送去吧，快去快回。"

我就跟他提条件："指导员，我已经当了三年多兵，马上就要到退伍时间了，今年肯定要走了。这次去送材料，路过杭州很难得，你多批我几天假，让我好好地玩玩，说不定今后去不成了呢。"

指导员听完想了一会儿，说要和连长商量商量。等到吃中饭时，指导员告诉我，批了我一个星期假，来回七天。

第二天一早，我背着装有材料和洗漱用具的军用挎包走到丁山镇汽车站，买了到杭州的车票，七点钟上车，下午三点左右到了杭州汽车站。

在营房的时候，我就打听好了，"硬骨头六连"是一团的，驻地在留下镇。到了杭州下了长途汽车，我头有点晕，可能是因为坐久了竟然把"留下"说反了，我问一个岁数有点大的男同志："'下留'怎么走？"

他看我是个当兵的，白了我一眼，说："杭州附近没有'下留'，只有'留下'，从这儿乘电车到古荡，从古荡转六路车到终点站。"

我连忙说："谢谢，对不起，我说反了！"于是我花了近两个小时到了留下汽车站，下车再问一团在哪里。有人告诉我，穿过街，过了小河，顺着山边走，看到有围墙的地方就是一团。

我到了一团大门口，问哨兵工作组在哪里，哨兵顺手指了一下，我就走了过去。

我看到门口有个管理股的牌子。房子好像是饭堂，灯火通明的，里面摆了几张桌子，大家正在吃饭。有个干部吃完出来，我走上去问他某副科长在哪里？

因为我来这儿之前，吕指导员告诉我找师宣传科的副科长联系，他现在调到军报当记者，正在一团工作组。

这个干部用手指了一下。我看到他边吃饭边在和其他人讲话，就站在一边等他。

过了一会儿，副科长走了出来，我赶紧走向前去，一边喊他，一边向他敬礼，接着介绍自己的名字和单位。他挺热情，说天这么冷，快进去吃饭，团里有安排。

我还是早上出发时吃的饭，后来到杭州舍不得花钱就没再吃，又饥又渴。进到饭堂，尽管是剩饭残汤，我也吃得很香。我吃了两碗米饭，又喝了两碗汤，这儿伙食比连队的好多了。

吃完晚饭，我把材料交给了军里的吴干事。有个干部领我去睡觉的地方，到了一团办公楼二层，一直向里走，在挂有政委牌子的房间前停下。那干部说，团里来人太多，招待所的房间都住满了，连团首长的办公室都腾出来了，暂时用于接待，你们三个战士就住在政委的办公室吧。

我走进去，有个战士走过来帮我拿包，他介绍说："我是三师的，昨天才到，还有一个也是你们师的，他吃饭还没回来。"

不一会儿，我们师的那个战士回来了，我们就聊了起来，知道了事情的大致情况。

军委发出"三学"号召之后，总政治部立即派工作组到全军了解基层英模连队的情况，最后进行反复比较，一致认为"硬骨头六连"全面建设过得硬，特别是政治立场站得稳，树起来能够叫得响，部队也服气，于是军委决定把"硬骨头六连"作为基层建设的一面大旗树起来。

总政治部亲自组织工作组，以最快速度把六连的基本经验、先进事迹总结出来。另外，为了增强学习六连的针对性，还挑选好、中、差三种类型的连队作对比，看是如何学习的。

一团四连作为先进连队，某团八连作为后进连队，而我们连作为中游连队。

当时，工作组在赶写六连的经验材料，一时半会儿还顾不上我们。

原来他们两个人睡一张床，一边一个，现在又增加了我，只能横着睡。两米宽的大棕床，三个人都很瘦，睡起来也不觉得挤。

军里徐干事对我说："小陶，你们的稿子我们顾不上看，你可以先到杭州转一转、玩一玩。"

这话正合我意，但玩是需要钱的，我也没带那么多钱，有也舍不得花。听说从这里翻山过去，四十多分钟就到灵隐寺。于是，我就翻山过去，翻山回来。三天时间里，我专门挑军人免门票的地方玩，中午要么吃蛋炒饭，要么吃一碗面（杭州人叫"片儿川"，后来在杭州住了二十多年，我还不知道为什么杭州人把普通的面条叫这么个名字）。

第四天吃完早饭，工作组的同志站在饭堂门口的空地上吸烟、聊天，我怀着好奇的心情旁听。三句话不离本行，大家还是在谈论主题、结构、内容，等等。

副科长正好见到我，问我："这几天干什么去了？"

我不敢说去游山玩水了，就支支吾吾地说："帮连队和战友办事去了。"

他又问："办好了没有？"

我连忙说："好了，好了。"

接着他又问："你钢笔字怎么样？"

我回答说："一般吧。"

他说你跟我来一下，我就跟着他到了他的房间，只见桌子上、茶几上、床上到处都是书和材料。

他顺手递给我一支"中华"牌铅笔，又递给我几页稿纸，说："你把这几句话抄下来。"我就坐下来，一笔一画地写："'硬骨头六连'战旗红，为什么这样红？"

我边抄，他边看，说："可以了，可以了，你就帮工作组去抄稿子，抄稿子也是学习嘛！"

从那天开始，我每天的任务就是用钢笔抄写材料，或者用圆珠笔复写材料，有的材料要复写三四份，要求隔一页稿纸垫一张复印纸，下面的一页要看得清楚，上面的一页还不能划破，难度挺大的。

第一天，我把第一页划破了好几张，后来慢慢摸索，均匀用力，第二天就熟练了，很少再出现划破稿纸的情况。

上午抄、下午抄，吃完晚饭接着抄，手酸眼胀，脖子僵硬。

正如那位副科长讲的，抄也是学习。工作组的成员大多是那个时代写作战线上的名家高手，后来绝大多数成为军以上干部，其中不乏中将和上将。

我誊抄他们的稿子，从标题结构、内容到语言，都感到新颖、奇妙，真是篇篇是美文，受苦再多也值得，更觉得这次到一团真是不虚此行。

我整天誊抄，忙忙碌碌，不知不觉过了二十多天。

有一天吃过早饭，徐干事通知我："小陶，上午讨论你们连队稿子，你准备好了没有？"

我回答说："与领导的要求还相差十万八千里，需要领导多多指导。"

上午参加讨论的，有解放军报社的范记者、李记者，军区前线报社的王处长，军宣传处的徐干事，还有我。

他们连我写的稿子都没评说，范记者就开始讲："这三篇上中下游连队的稿子作为衬托，从另一个侧面说明，六连经验的普遍指导意义，有很强的针对性。我们先议个题目，下面文章还是要你们来做。小伙子你是连队来的，最有发言权，你先讲讲。"

事实上，自从那天晚上知道来意后，除了誊抄材料就是想我们连队的稿子怎么写，但是无论怎么写肯定也达不到他们的要求，我反复想过几个侧面和几个题目，都记在本子上了。

我马上站起来，向各位领导汇报我的想法。

第一个是，中游不是马、不是牛，是头驴子。这几句话实际上也是从报纸上看来的："不骑马、不骑牛，骑着驴子中间悠。"

我顺着想，把骑着驴子比作中游的形象不要改，但可以"以驴为本"，大胆想、抽重鞭，逼"驴"争先。

第二个是，中游连队好像老和尚的帽子，平塌塌的。学六连、争先进，就要让老和尚的帽子顶起"尖"来。

第三个是，树活一张皮，人争一口气，这是从精神状态上讲的。

我说："我就想了三个方面，全讲了，请各位首长指教！"

范记者听后说不错，表扬我挺聪明，也肯动脑子。他说三个题目都有点意思，有的很形象，比如和尚的帽子就是平塌塌的。但他接着说，这是职业服饰，要是顶尖了，就不叫和尚帽子了。

他一边说一边哈哈大笑，大家也都跟着笑起来，我很不好意思。

他接着说："我看学六连不能躺在沙发里学，因为沙发软乎乎的，人坐进去就没有精神。大家看怎么样？"

范记者是解放军报社的"大笔杆子"，闻名全军。他说了，大家都附和说这个题目好，形象、贴切。

范记者边起身边说："这样吧，你们去写。"说完他就端起茶杯走了。等他出了门，徐干事说："小陶，你就按照这个思路，写几层意思，每层里面要有生动事例、生动语言，两天后交稿，行不行？"我连忙说："行！行！"

回到住处，我一会儿坐下，一会儿又站起来。从连长、指导员到每一个战友，把每一个人我都想了一遍：他们有什么特长，做过什么感人的事情，说了什么生动的话。我把我认为有用的人和事，用文字罗列出来，按写文章一般分成三大块来分成三方面，写了改、改了写。

晚上睡不着，我满脑子都想着怎么写材料，好多套路子。

到了天亮，我头就昏昏沉沉的，躺下又睡不着，就用冷水洗头，早饭吃得也没有胃口，上午又重复昨天的事情。就这样折腾了两天，好不容易写出来了，自己看了又看，念了又念，语句是通顺的，但总感觉不是那个味道。

第三天早饭后，我把稿子送给徐干事，我想他们这儿有这么多高手，会把文章改好的。

记得快过春节了，工作组的人陆续都走了，徐干事对我说让我先回去，需要的时候再让我来。于是，我就返回了连队。

离开部队一个多月，我去向指导员报到，他跟我说："陶正明，退伍工作早就结束了，研究退伍工作时，团里通知说今年你不能走，所以也没有叫你回来，我看你再安心干一年吧！"

组织已经有决定，我还能说什么呢？

为突击队壮行

前面说过我用筷子蘸茅台酒"喝"的故事。一九八五年三月七日，我却用整瓶的茅台酒，演绎出了一种悲壮。

上级命令"硬骨头六连"去收复被占领的小尖山。军长、政委指派我代表他们前去为勇士壮行，还特地拿出两瓶茅台酒，要我去给担任突击任务的十六位勇士每人敬一杯。

下午五点半，夕阳如血，十六位突击队的战友背着行装，站成一排。我传达了军党委、军长、政委和军机关的慰问和鼓励，然后打开茅台酒，走到每位勇士面前，敬一个礼，端上一杯茅台酒。等第十六位勇士捧起满满的酒杯后，大家齐声高喊"干，干，干"，一饮而尽。不一会儿，他们就消失在夜幕中。

第二天上午九时十二分，前线传来喜讯，小尖山拿下来了，打死打伤敌人百余人，我军五名勇士牺牲，三十余人挂彩，其中连长、指导员负伤，副指导员和担任突击队队长的排长壮烈牺牲。战后，"硬骨头六连"又一次被中央军委命名为"英雄硬六连"。

纪念参战三十周年的时候，我们几位战友相邀，又一次来到老山，又一次带来了茅台酒。在烈士陵园，我们噙着泪水，在墓碑前洒下国酒，嘴里不停地说："战友们，辛苦了，喝下茅台酒，醇香留心头，迟早会相见，人生好风流！"

为纪念日要锦旗

　　每年的一月二十二日，是国防部命名"硬骨头六连"的周年纪念日。一九八四年一月中旬，一师都在为纪念命名二十周年做准备。当时，各级都想请时任中央军委主席邓小平给"硬骨头六连"题个词。我在一军组织处工作，分管"抓基层，学六连，学雷锋"工作，南京军区指示我进京办这件事。

　　我拿着南京军区党委的请示件到了北京，找到主管这项工作的总政组织部。他们对六连很熟悉，办事很热心。一边呈总政首长签批，一边准备题词的内容，拟了好几条供邓小平同志参考。接下来，他们又呈报军委办公厅办理。我就在招待所静等下文。

　　好几天过去了都没有音信，部队领导焦急万分。如果邓小平同志没表示，二十周年纪念活动影响会大大降低。部队领导催个不停，总部机关我又不敢追问。我守在电话机旁，一步也不敢离开，连吃饭都装病号请服务员送到房间。

　　到了十八日上午，总政组织部的同志来告诉我："邓办答复了，因一九六四年后国防部给连队授予称号较多，六连是第一家，如果开了头，其他部队都会仿效。这样一来，一是不符合领导人一般不题词的规定，二是增添了首长的负担，请你给部队说清楚。"

此话如同晴天霹雳！我想这件事办不了，有多少人会失望，我又是多么无能！

很多时候，路是逼出来的。我冷静地想，此路不通寻他路，此法不行找他法。我独自来到军委办公厅，找到以前见过面的某秘书。我说："首长题词有难处，能否改个方式，六连官兵人人都知道我来北京拿首长的鼓励，如果空手回去，官兵心全凉了。要不，首长批准给六连送面锦旗也行。"他沉思了一下，说要再请示一下。一会儿，他从内间出来，说首长同意不以他个人名义送，而以中央军委的名义送锦旗，内容是"发扬硬骨头精神，开创连队建设新局面"。当即我兴奋万分，立马拿着中央军委办公厅的批文，到指定的做锦旗的店，守在那里，让工人师傅连夜加班做了两面锦旗，一面送给军事博物馆存档，另一面我二十日抱着回部队。因正值春运，又是临时买票，火车票特别难买，我就弄了张站票挤上车，站了一个晚上，从北京站到无锡。又因下大雪，无锡到湖州的长途班车停运，军里通知无锡驻军炮九师派一辆牵引车送我回湖州军部，请军首长过目。二十一日雪下得更大了，公路无法通行，军长干脆下令军坦克团派了一辆装甲指挥车把我送到杭州留下的一师小招待所。后来南京军区人人看了这面光荣的锦旗，都连声说："好，好，好！"

二十二日上午九时，庆祝国防部命名"硬骨头六连"二十周年纪念大会在暴雪中按时召开，尽管室外天寒地冻，室内却是气氛热烈……

五个大校睡钢板

又一个夏天来临了。

二十多年前的那个夏天，我们在长江流域抗洪抢险的一段往事又历历在目。

一九九八年八月，正是炎日酷暑的时候，江西九江大堤发生了历史上的大决口，情况十分危急。我师奉命分批乘火车赶赴九江，参加封堵决口的战斗。地方领导听说了，专门腾出一个单位的招待所的十来间房子用作师指挥所，师领导一人一间，其他几间住机关干部。我们下午四点左右到了九江车站，机关同志立即报告了此事。我们婉谢了地方领导的好意，说这回吃住是小事，不能让他们操心，我们会自己想办法的。紧接着，我们分头去看六个团和师直属队的任务区段。因不能开车，我们都是步行，一直忙到晚上九点多还没吃饭。大家按提前规定的地点陆续会合了，把情况简单地汇报了一下并提出了建议。师长说肚皮在闹意见了，请把带来的方便面和矿泉水拿来。不一会儿，我们就吃完了。

"师指挥所设在哪里？"大家异口同声地说，"应该尽量放在离部队近的地方，今天就在大堤上搭帐篷将就一下。"这天晚上，十几个人分住在两个帐篷内，人多空间小，里面异常闷热。尽管我们不停地摇扇子，但身上还是不停地流汗。大家实在受不了了，就都走到外面去吹江风。这一夜谁也没合眼。早上天一亮，师长就带着我们找地方，在大堤上来来回回地走了好几趟，离部队近的地方实在找不出来可供容纳十几个人的房子。不知谁说了一句："那儿有艘趸船，过去看看能不能住。"趸船有两层，上层有几间类似的小房子，下层是一个几十平方米的钢板，是供船靠岸用的，并且还有一个简易厕所。因洪水袭击，趸船好长时间都没使用了，四周停了数十艘小船，有机械的、手摇的，手摇的占多数。当时我们就决定师指挥部定在这里，因为四个团离这距离都在一公里范围内，很方便，同时省去了几部通信的无线电台和几部有线电话。

我们当即着手布置作战室。趸船一侧挂上早已准备好的、正反两面印着"部队指挥部"这几个黄字的红布，下方挂着九江抗洪军用地图，图上标有上级、友邻单位和各团指挥所的位置、危险地段和责任营连。钢板一边并排铺着五张单人草席，每张草席上各放一个枕头、一条毛巾被，这就算是五个师领导的床铺。趸船没有厕所的另一头空地上放两张演习指挥桌，上面放一部电话、一部电台、若干部对讲机，算是作战值班室，每天由师领导和机关干部轮流值班。不值班的就下部队了解情况，晚上碰头汇总，安排第二天的工作。

睡在趸船上，我们遇到了三大煎熬。一是热。钢板经一天太阳火烤，温度一直持续到凌晨才有所下降，人穿内裤躺在草席上，会感觉到热浪阵阵。有的同志自嘲说："我们简直是在'烙烧饼''烤鱼片'。"二是吵。五个人中有的实在熬不住好不容易睡着了，那呼噜声可真是响，有人开玩笑说是把趸船都震动了。我听见感到很心疼，也很欣慰。夜里还有上级指示和紧急情况的电话声，长江上来往船只的汽笛声，没有一刻能安静的。三是蚊子叮。晚上洗澡要等天黑，我们用桶系着绳子提趸船边的江水，到简易厕所里从头上向下浇。厕所的墙全是用铁皮包的，温度更高，洗一次澡出一身臭汗。这时身上的味道特招蚊子，不一会儿，红包一个一个地冒出来，我们两手要不停地拍打驱赶蚊子。早上起床，我听到有的人在自嘲说："天天晚上收这么多'红包'，真是有点哭笑不得！"

这个趸船指挥部很不平凡，在这里不仅多次召开过常委会、党委会、政工会，还接待过总部、南京军区的首长及工作组，地方领导带队的慰问团，文艺团队的名角高手。大家都是以床铺当凳子。记得杭州市的慰问团到了，非要在指挥部和我们共进午餐不可。午餐除了机关炊事班送来的饭菜外，我们还通知了附近团里送一两个菜来。吃着吃着，不一会儿我们便听到了哽咽声，一位领导站起来说："你们也都快五十岁的人了，住在这样的地方，不来难以想象，来了看了，难以形容。什么叫军人，平时军人干什么，为什么叫伟大，今天我们全明白了！"

时间久了，附近的渔民有的也与我们熟悉了，他们知道了我们的单位和身份。有天下午，一位渔民拿了一条鱼来，自报家门说他姓熊，送的鱼叫雄鱼。雄鱼是长江一带的特产，他好不容易才捕到一条，专门送来让首长们尝尝鲜，补补身子。推让谢绝不掉，盛情难却，我们只好收下。师长说："老陶，你是湖北人，你家就在长江的上游，你肯定会做鱼，晚上就看你手艺啦，别忘了给机关干部、战士送点哈。"我带着金干事，就近用老熊船上的灶台，烧了一大锅鱼汤，那味道真叫鲜啊！

有个战友吃好鱼，拍拍肚皮，诗兴大发："老熊送雄鱼，犒劳雄师兵，喝了雄鱼汤，老熊喜洋洋！"

前不久我和师长在长江边又相见了，他早就晋升为上将了，我们还是那样熟悉亲热。他紧握着我的手，深情地说："老陶呀，我们到了长江边，就想起了九江抗洪，一晃二十年过去了，你还记得吗？"我说这么大的事是终生难忘的。当年他在大堤上面对官兵的豪言壮语又在耳边响起："同志们，我们用血肉之躯为九江人民保住了生命之堤，我们成功了，胜利了，巍巍庐山可以作证，滚滚长江可以作证，伟大的九江人民更可以作证！历史将永远证明人民解放军是无敌于天下的！"

他是连队一面旗

范洪庆的回忆录《魂牵梦绕硬六连》，终于在改革开放四十周年之际写好了。这是他构思准备了许多年的作品，这本书丰富了英雄连队的历史，记录了连队许多官兵在那场战争中鲜为人知的壮举。"魂牵梦绕"四个字是范洪庆经过反复思考用上去的。"魂牵梦绕"不仅体现了他对六连十多年的感悟与情谊，也是他这一辈子刻骨铭心的回味。

他在书中只描述了某些战友、某些事迹，这些都是他亲身经历过的，所以写得真实、写得情真意切。我在阅读时，热泪不时模糊了双眼。吃午饭时，我看着桌子上的饭菜，思维还停留在书稿里，忍不住失声痛哭起来……

我第一次认识范洪庆是在一九八四年八月，部队在云南文山临战训练期间，我带工作组去六连蹲点。当时找他了解六连党支部的建设情况，他把对连队干部的看法都说了出来。这次面对面的接触，我的印象是这个排长很率真、敢直言，这种真诚很珍贵，他是一块好料子。他的许多建议被我们采纳。

第二次见面是在一九八五年三月初，上级决定六连在三月八日要攻打小尖山。三月一日我带军师团联合工作组进驻六连，指导连队做好战前准备工作。临行前，军部史玉孝政委对我交代："六连这一仗可能是我们军轮战的最后一次重大军事行动。战后干部要进行大的调整，你这次去的任务是要重点考察一下六连的干部，特别是指导员的人选，要按照一比三的比例，预选几个。"当时，谢关友副指导员已是后备对象，我们再挑几个就可以了。

那天下午，我参加连队军事民主会，具体内容是研究攻占小尖山的战法。这次见到范洪庆，他完全变成了另外一个人，头发很长，胡子也很长，人很瘦很黑。由此可以想象出这几个月阵地上异常艰苦，战斗残酷。我与他握手时很是心疼，我说你辛苦了！他说没事，大家都是这样。他在发言中，对小尖山及周围敌我情况非常清楚，发表了很多独到的见解，这对打胜这一仗发挥了很大的作用。三月十日，我们回到军指挥所，立即赶写好"三·八"战斗情况报告，分别呈报南京、昆明两大军区。战斗中，谢关友和一排长林祖武英勇牺牲了。四月，高林科越级提升为营教导员，范洪庆从排长提升为连队指导员。

范洪庆当了六连主官，是第一个有大学学历的，是第一个由排长直接越级提升的，也是第一个来自合肥的城市兵。这在六连的历史上从未有过。

军党委决定上报军委给六连第二次授称号，在撰写六连的材料时，我又找到范洪庆回忆连队的战绩。他讲了连队许多人的感人事迹，我问到他自己时他从不多讲。六月六日，军委授予了六连"英雄硬六连"的称号。党中央要组织一军英模报告团,六连的材料要更详细具体,范洪庆在汇报时,仍然讲的都是战友,不提自己一件事。战后三十多年来,他还把自己的事迹珍藏在心底。尽管我后来到一师当政治部主任、副政委、政委,是范洪庆的直接领导,但对他在战斗中的表现的印象还是停留在三十四年前。直到这次看了书稿,我才看到了战场上一个真实的范洪庆。他足够称得上大英雄,我更加由衷地敬佩这位老战友的人品。

范洪庆一直保持着自己独特鲜明的个性。他在六连任指导员,军事素质非常过硬,因为他在军事院校学习过,是百里挑一的人才,而且还被评为优秀学员。有了厚实的底子,他还天天与战士一样训练,与比武标兵经常较劲。他做政治工作善于创新发展,且有独到之处,上级机关稍加整理,《范洪庆政治工作法》就被宣传推广。他当过高炮旅副政委,还考上了国防大学的研究生。为了写好毕业论文,他利用假期,从江苏镇江来杭州找我讨论论题、论据、论理。经过他的反复修改打磨,专家一致推荐其论文为优秀论文。他在摩托化步兵、炮兵、装甲兵、高射炮兵部队任过职,专业技术项项熟练。

他当一师副政委两年多,上级准备让他去旅主官位置上再磨炼一下,丰富经历,为更大的发展创造条件。可谁也没想到他突然提出转业,而且直接找军长明确提出来。那是春节前几天,集团军军长带队去郑州慰问老干部,范洪庆代表一师参加。在返回的火车上,范洪庆走进了军长的包厢,并敬礼坐下,开口就说:"军长,我想转业,请组织批准。"说完他起身就离开了。年初集团军党委研究干部调整，军长就把范洪庆的想法说出来了，范洪庆如愿以偿。

范洪庆仕途看好，他却戛然止步，原因是什么？他从未透露过。可能他想到连队牺牲的十位战友，二十来岁就失去了生命，自己比起他们多过了几十年的美好日子，足够了。可能他在英雄连队十多年，什么都经历过了，再没有比这一段历史更光荣更辉煌的了。可能他想到刚升任团政治处主任时，那一件不可思议的事情。有次，他去向政委报到，政委递给他一支烟，范洪庆说我不会抽，抽烟对健康有害，另外也浪费钱。政委说："老范啊，当了团的干部还要自己掏钱买烟，那这个官当得没啥意思，也没啥水平。"这件事他感到很突然，很震惊。他不能玷污了自己洁净的身心，扭曲了自己的灵魂，只有选择躲开。也许上述因素促使他转业，但这仅仅是我的猜测而已。

在许多人眼里，范洪庆是个另类，他活得很洒脱，活得很坦然，活得很有趣。他从战场上捡回了一条命，他从英雄连队中淬了一次火，他从官场上过了一把瘾，见识了形形色色的人，他越活越明白。他要走自己的路，做一个堂堂正正的男子汉，一个真正的范洪庆！

领导干部要有容人的胸襟。这种容人的胸襟，至少体现在对三种类型干部的态度上。第一种是不套近乎的人。有些干部不拜门派、不会"来事"、不经常往你跟前跑，你是不是会觉得他和你疏离，没把你当回事。第二种是有过矛盾的人。曾经和自己一起工作过，工作中有时意见不一致，产生过不愉快，也可以说是得罪、冲撞过你的人，但他本质上不坏，你能不能从大处着眼，看主流、看本质，内举不避亲、外举不避仇。第三种是与自己异质的人。有的干部与你的性格、气质、爱好不一致，不是你喜欢的那种类型，但你不能凭感情好恶，要有理性的态度，从事业需要出发、从岗位需求出发，该用的人就得用，有什么特长就用在什么样的岗位上。如果说，选用这三种人，有慧眼、有胸怀就能做到公道正派，那么，选用有个性的人就离不开一种担当。古人讲，大才必有"怪癖"，有特长的人往往有个性，甚至有争议。

良知垫底英雄威

钱富生是一位被授予"英雄"称号的政治指导员。一九八五年在老山前线，我俩就认识了。前几天，他把自己的回忆录书稿寄给我，让我写几句话作为前言。

懂军事、懂战争的政工干部是不多的，接触过钱富生的人，也都说他有点怪。我一口气读完书稿，更感到他了不起，有很多的意想不到。他从小吃的苦非常人所能承受，他的人生经历更非同寻常，他当官总是独行其道。这本薄薄的回忆录展示了他做人、做事、做官的信条和方式，浓缩了他对生活的细心观察和深邃思考。他坚持以平常心写平常事，试图捕捉细小事物的跳动，循着真理的光亮，走进人性的深处，坚持着自己朴素的理想。尽管书稿字数不多，但能揭示真谛，这是不太容易的。

初次听说钱富生是在部队刚到临战训练地域时，那时我在军组织处工作，我们处负责部队党建、基层建设和评奖工作。我到一师三团了解情况，就听到了许多关于钱富生的故事。他一九七九年就已经随兄弟部队上前线了，当时是连队指导员，后来提升任副教导员，进院校学习两年，以全优成绩毕业分配到一师三团，顶替出差的一个副营长。仅当了三天副营长，他就主动要求顶替一位生了病的一连指导员。组织上对他说："你是副教导员，怎么能随便降一级呢？"他说只要能打仗，当排长、当班长都愿意。于是，他背着背包就去一连了。论资历，他当时在团里排第三，只有团长、政委排在他前面。

后来我就经常听到钱富生在前线的故事，说他打仗"老奸巨猾"，把敌人玩得晕头转向。他熟悉步兵、炮兵、工兵、通信兵技术，还会做饭、吹拉弹唱。他还把妻子寄给他的营养品分给战士。他陪胆小的新战士站夜哨，救过连长、救过战士。战士们说指导员是阵地上的主心骨，见到他就安全、快乐。有个十八岁的战士被他救了，当面下跪叫他干爸爸，他当时才三十八岁。他对小战士说，这是他的职责，部队不兴这一套。

钱富生在团里有不少外号，"老革命"是说他年龄大，还有贡献多的意思；"钱大胆"是团领导送给他的，危险任务交给他，他从不说二话，执行任务就好像是去看风景，跟随他的人回来时一个不少；"钱诸葛""智多星"则是大家对他的赞誉，这些都与他敢打仗、会打仗有关。

部队在总结评功评奖时，各单位预报了拟由中央军委和昆明军区授予称号的单位和个人名单，钱富生榜上有名。他和另外两名指导员竞选一个名额。我们到一师，先与师政委，政治部主任、副主任交换意见，他们都说上报钱富生。我又到三团一连，与连长、指导员（原指导员病愈归队后，钱富生就成了预备指导员、救难队长）、排长、班长、战士个别交流，几乎找全连官兵谈了一遍，他们都称赞钱富生，几乎人人都能讲出好多关于他的生动事例。特别是王连长，竖起大拇指说，钱富生到了他们一连，是他们弟兄们的福气，有了钱富生，他们少丢了好些兄弟。有的讲着讲着声音哽咽，有的甚至哭出了声来。我们听钱富生个人讲，他说他岁数比战友们大一倍，是父亲辈的，之前又打过一次仗，见的比战友们多，他作为一个基层政治干部，自己的行动才是最管用的激励教育。而且仗是大家共同打胜的，他只是做了该做的事，现回想起来，教训也不少，立功奖励应该给那些牺牲了的烈士，给其他的同志，组织上不用考虑他。他讲得是那样自然、轻松！

军党委会上听取了我的情况汇报后，大家意见很一致，上报军委给钱富生授称号，但在讨论授什么称号时却出现了分歧。我们的意见是"英雄指导员"。有人提出不同意见，说钱富生不是军事干部，也没亲手打死一个敌人，叫"模范"还说得过去，叫"英雄"不太合适，再说从一九七九年作战以来，部队还从没有给政工干部授过"英雄"称号。我们说，钱富生两次参战，军政兼优，智勇双全，身兼数职，样样出色，排雷三百八十一颗，开辟通路一千两百多米，亲自救了三个战友的命，这些就是英雄的壮举。至于说他是政工干部，那罗荣桓同志也是从连队指导员一直干到总政治部主任的，还被授了元帅呢。最后，我们就按"英雄指导员"上报了。当时正在部队采访的解放军报社的著名记者江永红听说后连声称赞："这个称号好，这个称号好，钱富生得之无愧！"

昆明军区党委讨论通过了。一九八五年六月初，我带着材料上北京，送到总政组织部。第二天下午，总政办公厅通知我晚上到余秋里主任家里去汇报军委授称号的情况。尽管我从头到尾都参加了所有授称号材料的准备工作，但还是十分紧张。首长很亲切，让我把几个单位的情况讲一讲。因为我很熟悉情况，就没拿稿子，按照"硬骨头六连"、钱富生等顺序逐一进行了汇报。他听得特别认真，插话说："这个同志做得好，政治工作就是要这样干，值得好好总结。"当首长得知几万人没有一人当俘虏时，他问我部队这仗为什么打得这样好，我说了五个原因。首长说："对，对，对，无论是过去、现在，还是将来，部队就是要靠这些传家宝！"首长还问了许多前线的情况。夜深了，秘书和保健医生提醒了三次，首长才让我离开。

军委发布命令的第三天，解放军报社就把江永红写的关于钱富生的文章刊登在头版头条，题目是《钱富生——老山前线的英雄指导员》，时间是一九八五年六月九日。

一九八六年年初，钱富生升任团政委，有个"重大失误"与他无关也有关。南京军区召开党代会选举出席党的全国代表大会的代表，军长和钱富生都作为代表候选人提请大会选举。由于钱富生刚被授予称号，家喻户晓，选举结果出来后，钱富生得票数竟然超过了军长的，但由于两人票数都未达到规定票数，两人都落选了。会场顿时炸开了锅。散会了，别人见了钱富生都很好奇，熟悉他的人还开起了玩笑说："老钱啦，你赢了军长，可以提大区副了。这次你虽没选上，但虽败犹荣啊！"他倒像没事儿一样，嘿嘿一笑，什么话也不说。

军区司令员、政委马上赶到我们军代表团，做解释工作，要求尽快弥补这个局面。会议因故延长一天，准备补选代表。不知是军区机关哪位同志出的主意，指派我拿着军区党委的请示件，连夜坐特快列车到北京找首长，请示再多给南京军区一个代表名额，并且他们已事先电话联系了。第二天上午，在总政秘书长的带领下，我又一次见到了首长。首长说，中组部共留了四个机动名额，以防万一。他已打过电话了，给解放军增加一个，由总政机关通知我们军区。

读了钱富生的回忆录，再联想到我俩的交往，他给我印象深刻的是贵有良知。**人生在世，觉悟、修养、道德都很重要，但这些都是建立在良知基础上的，再靠后天的启蒙、教育、自觉养成。如果没有稳定可靠的良知基础，那些觉悟、修养、道德之类的是很难立足的。**一个教育人的人，若无良知，即使有满嘴冠冕堂皇的理论、信条、说教，那也多是自欺欺人的表演。反之，有些人即使没有接受过多少像样的教育，只要有良知打底子，知是非、明羞耻，就能堂堂正正、规规矩矩，仰不愧于天、俯不怍于地！

会学习的大校"村官"

一个人的工作、生活质量高不高，取决于他会不会学习。

老战友吴惠芳从师政治部主任岗位上选择退役，复员回老家张家港永联村当了一名村党委书记。他扎根基层，带领一方百姓致富、建设美丽乡村，当选为十三届全国人大代表，被表彰为省级劳动模范，他所在村党委也被中组部表彰，奖章、荣誉一大堆。二○一八年，中宣部、退役军人事务部联合评选表彰了二十名"全国最美退役军人"，他是其中之一。

吴惠芳能有今天的辉煌，有人说他有父辈为他打的基础、创造的条件。这话一点不假，但是从古到今有多少官二代、富二代成了纨绔子弟、败家子，倒了江山，毁了家业。吴惠芳却在继承中创新，在创新中发展，一步一个台阶，得到广泛认可，这得益于他会学习。

我认识他父子也快三十年了。那是集团军党委机关组织理论学习，首长请永联村书记吴栋材来讲课，帮助大家正确理解党的改革开放大政方针。这时，我才知道苏南除了华西村吴仁宝书记外，还有一个永联村的书记，他也姓吴。老吴书记一开口就说，他曾当过兵，参加过抗美援朝，他的儿子也在我们部队，还上过老山前线。课后我得知他的儿子在一师组织科，与我同一系统，还常有工作联系。

一九九三年年初，我到一师政治部任主任，吴惠芳是副营职干事，负责纪律检查工作。十年后他也当上了师政治部主任，此前任过团政治处副主任、干部科科长、团政治处主任、团政委。他经常同我开玩笑说："政委呀，你来当主任时，我是个小干事。现在我进了班子，成了你直接的副手。"我听了非常高兴，说："老吴，你进步快，靠的是会学习，干得好，当之无愧啊！"

二〇〇三年，我调到十二集团军。二〇〇五年年初，一年一次的转业干部工作即将开始摸底，吴惠芳突然给我打来电话，说他提出要转业，还选择复员回老家当农民，领导都不同意，想听听我的意见。开始我感到有些突然，因为他很优秀，是后备干部，不出意外，没准能当上将军。可现在不想当将军却要当农民，从天堂杭州回老家农村，团聚的家庭又要分散，能下这个决心非同寻常，他无疑是经过深思熟虑的。我了解我的战友、部下，第二天便打电话给他，说完全支持，佩服他的勇气。就因为这个鲜明的态度，他的妻子好长时间对我有意见，一见面总是泪汪汪地说："就你老大哥说的话，才使吴惠芳铁了心。他转业我是同意的，到省市机关安排个工作，一家人过安稳舒心的日子挺好的，但回农村当农民，我是坚决反对的。撇下我们母女，又要过分居的生活，这不是自找折磨、自寻痛苦吗？"我半开玩笑半当真地说："真是对不起你呀，弟妹！但你是大学教授，时间一长，你会理解惠芳的用心良苦的。"

他回农村十三年，我去了十多次，每次去都看到他保持着军人特有的风采，听他谈工作经历和人生感悟。他身上的气场越来越大，我获得的教育也越来越多，不由得常回忆起他的一些往事。

记得吴惠芳当干部科科长，直接领导幼儿园。当时缺园长，杭州市群艺馆馆长推荐了黑龙江省机关一位业务副院长，但我们不知道对方素质如何、调动难度大不大，我就请他去协调。他通过多方打听，又派人前去考察，运用军地人才引进政策，把人招进来了。后来我才知道，为了弄懂政策，他到有关单位查阅了大量资料，请教了许多内行人士，才能一路"绿灯"。

上级规定不准外省籍干部、志愿兵在驻地找对象，违反规定的给予处分。一些欠发达地区的官兵想在杭州成家，转业退役不回老家，于是有人就暗中触了红线。我们对规定也有看法，十分同情这些战友。这该怎么办，我找吴惠芳商量。吴惠芳反复研究政策规定，请示上级明确"驻地"的范围，很快就找到了解决的办法：一是到郊区县里找，不在市区找；二是已找了的，团里政治机关批准就可以领结婚证，取消上报师政治部备案的"土规定"。这一重大突破在当时是冒了很大风险的，但这使许多同志在萧山、余杭、富阳、临安等地成了家，后来这些地方改为区，他们也就成了新杭州人，提早过上了富裕生活。

吴惠芳到团里任主任、政委时，部队编制体制调整，两个团合并成一个团，班子成员和部队几乎是一家一半，能否做到合编合心合力是头等大事。他和严杰团长率先示范，两个脑袋一条心，对人对事公正公道，不分过去单位，不讲过去部下，一视同仁，很快形成了"1+1＞2"的局面。

工作中，他能小中见大，带动全局。为了使官兵养成节约、读书的好习惯，他让共青团工作委员会倡导开展"少抽一包烟，多读一本书"活动，团常委带头响应，争做"无烟团"。部队训练强度大，官兵天天要洗澡。冬天，团里官兵洗澡的澡堂是个大池子，二十多个连队要两天才能轮着洗完，后面官兵来洗时，池水都是浑浊的，很不卫生。于是，不少官兵就到附近的地方浴室去洗，但这不利于部队管理。他与严团长商定，决定引进地方企业进营区经营浴池，将洗浴方式改为淋浴。浴池天天开放，并设有桑拿间，取名"素桑拿"，供有能力消费的官兵使用。部队驻在杭州，官兵家人朋友来队多，为了解决他们的吃饭问题，团里委托地方办"军人之家"小饭店，这样既经济又实惠。这些做法顺应了时代发展，很受官兵欢迎，有的做法还被其他单位加以借鉴。

南京军区办了干部本科文化读书班，他被推选上了。近两年里，他除了做好功课外，还利用业余时间，晚睡早起，认真阅读《军队基层建设纲要》，一章一节地对照自己的工作笔记，找出规律性的东西。他计算有些项目的量化标准，预测社会和部队发展带来的新情况，舍弃、补充和完善内容，并将此作为毕业论文，写了十多万字。专家学者看了这些文章觉得很有价值，取名为《基层建设评价方法研究》。该书出版后，十分畅销，后来又再版发行了一次。

吴惠芳回到永联村，由军人变成农民、师官变成"村官"，工作环境、对象、内容变了，但他还是那个性格、那个作风。他在部队养成的好习惯没有变，早起床、勤健身、爱学习，想好的事情就立马干。上班第一天，一屋子工作人员迎接他，他一看，都是年龄偏大、文化程度不高的农民。

没有高学历的人才，哪有高标准的建设。他干的第一件事，就是抓队伍建设，在网上发布招聘信息，亲自到大学里去演讲，播放录像，招来了一批本科、研究生学历的年轻人。他还到苏北部队去找素质好或有特长的退役军人。

农村招人不易，留住更难。他开座谈会听取这些新人的意见建议，为这些年轻人牵线做媒，举办集体婚礼，帮他们成家。他在村里建起了新村民公寓房、网吧间、阅览室等，建立薪酬激励体系，制定公开竞聘机制。有了拴住人心留住人的优越条件，很快这些年轻人就有了永联新村民的满足感、荣誉感、自豪感，竞相展示自己的聪明才智。

二〇〇六年年初，村党委决定，把工厂周围、散居在田间地头的三千六百多户人家全部搬迁，实现集中居住。这是一场硬仗，对吴惠芳既是挑战，也是考验。

搬迁、拆房子，要面对各种利益诉求；建房子，必须狠抓进度和质量；分房子，要平衡好各种关系，做到公正合理。他的一个姑姑找上门说："惠芳啊，我岁数大，腿又受过伤，爬不了楼梯，我就在一楼拿一套吧。"楼层之间的居住环境各有差别，村民们分房需要抽签确定楼层。他姑姑不仅要插队，还不想抽签，这意味着姑姑要破规矩。吴惠芳耐心地给姑姑讲道理，但姑姑听不进去，说他当了个村干部、芝麻官，就六亲不认了。他依旧寸步不让，对姑姑说："不错，我是个芝麻官，但再小也是永联老百姓选上的，照顾了你一个人，那我怎么面对一万多名村民。任你怎么说，怎么骂，我只能说声'对不起'。"他就是按规矩办，对谁也不开后门。这件事让村民们刮目相看，背后称赞他说："当过兵的就是不一样，我们对他放心，信得过！"农村里七大姑八大姨太多，到处是盘根错节的关系，他就靠公正办事，赢得了民心。

他说起解决这些棘手的事时，是那样的轻松自信，使我回想起他在部队时破解的那些难题。那时士兵学开车、考军官学校、直接提干，是有指标的。每逢此时，部队领导都会接到电话、条子，甚至有人到部队当面说情要照顾，不少关系是直接上级或上面几级，谁都得罪不起。为了保证选拔公平公正，他和团长先统一思想和办法，交团常委会研究决定，把指标分到各单位，让下级主官把得票多的预备对象带到考场，政治理论、训练成绩当面过堂、当面评分，然后按推选票数、考核成绩从高到低公开选定。士兵、基层单位干部都很服气。之后，他们主动给落选的"关系兵"的介绍人打电话说明原因，多数人表示理解，少数人也无可奈何，有气难言。

永联村变成了小城镇，农民住进了楼房，土地流转给了集体，从土地上解放出来的农民，去哪里就业？靠什么提高收入？

吴惠芳请来专家，一块探讨论证，大胆提出发展乡村旅游。这不仅可以带动村民就业，还能提高农业附加值。

听说村里要搞旅游，有的人反对："村里一没有自然风光，二没有历史人文，拿什么搞旅游？"他就请专家给村民上课，反复开导："我们有长江美食、农耕文化、田园风光，同样可以吸引游客。"课后，多数村民赞成试一试。

他迅速组织了一帮人，规划、设计、施工，用了一年多时间，建成了占地五百亩的农耕文化园；并且，还打造出了一条江鲜美食街，解决了四百多名村民的就业，每年接待游客近一百万人次，旅游收入有一亿多元。

有个身患癌症，但病情稳定的村民找到他，要求安排一份工作，好贴补开支。这件事引起了他的思考：虽然多数村民有了稳定的工作和收入，但那些年龄不大、身体却不好、文化程度又不高的村民怎么办？他提议成立劳务公司，把其他企业里的保洁、保绿、保安等岗位剥离出来，与劳务公司签订协议，吸纳上述村民就业，共安排了几百人。这些举措实现了村民离土不离乡、住地城镇化的愿景。

有个村干部向他反映，刚建好的文化活动中心洗手间里，感应水龙头坏了近一半。这是怎么回事？原来，村民们感到这个用具新鲜，不知道水是怎么出来的，很好奇，总喜欢跑去摸摸、转转。于是，有人向他建议还是换上过去手拧的水龙头。他没有答应，而是召集村干部针对新的水龙头为什么会坏这个问题进行讨论。经过讨论，大家认识到，农民兄弟是少见多怪，不能只怨他们，更不能因此不让他们接触新鲜事物，而是要采取多种办法让农民们开眼界、长知识，让其见而不奇，用多不怪。

他通过举办生活常识讲座，教会村民们如何使用电梯、银行卡、网络电视；举办培训班，向村民们普及电脑知识、交通法规、文明礼仪知识。村里还成立了慈善奖学基金、互助关爱志愿者联合会、精神文明建设推进会，建了图书馆、小戏楼、村民议事厅。村里阅览室订有二十多个省的报纸，供村里外省籍的职工阅读，以便他们了解家乡的情况，从而织起感情的纽带。村图书馆还和张家港市图书馆联网，每周更换书籍。

吴惠芳还多次带着村民到大城市参观游玩，看到那里的居民唱流行歌、跳广场舞、做健身操，回来后他就鼓励村民学市民一样过业余生活。二○一○年，上海举办世博会。他别出心裁地提出"永联万人看世博"。有人说，农民没文化，啥也看不懂，等于把钱白白扔进黄浦江。他却说："谁天生有文化？农民出去长见识，就是学文化！"就这样，他们与公交公司签订合同，每天八辆大巴车，浩浩荡荡开进大上海。整整一个月，全村老百姓既享受了欢乐，又长了见识。二○一五年意大利米兰世博会，专门开放了一个永联村展览馆，作为中国的唯一代表，永联村向世界展示了中国新农村的风采。当时，吴惠芳两眼含着热泪，双手高举着世博会发的证牌，不停地挥舞着。

近年来，吴惠芳先后登上中央党校等著名高等院校的讲台，向大家讲述中国农村未来发展的方向、目标和路径，描绘着他心目中的美丽乡村的蓝图和梦想。

第五篇

井冈魂

情系井冈山

在未到江西省军区工作之前，我从书本上读过许多关于中国共产党的军队在井冈山的革命斗争历史，对这块神圣的土地非常向往，总想着要去一趟，后来也去过两次，主要是参加南京军区组织的读书班。

二〇一〇年到江西省军区工作后，我就经常上井冈山，而且一直想把江西省军区全体干部和我们的家属，分期分批带到井冈山上学习，重温历史，学习传统。

后来，经报上级批准，我们分三批组织两百多名省军区团单位主官和新任职干部到井冈山集训，学习、参观，过特殊党日活动。之所以说是特殊党日活动，就在于日子特殊——建党九十周年前夕组织的；主题特殊——祭拜先烈，参观大井毛泽东旧居、井冈山革命博物馆，学习党章；人员特殊——第一批为任职时间较长、年龄较大的团主官，第二批为新进省军区的副团以下干部，第三批为新上任的人武部部长、政委、机关处长。这也是我到省军区工作后第十次上井冈山。动员会上，我和大家交流了我对井冈山的真切感受。

我到省军区之后第一次上井冈山是刚报到的时候，有位处长陪着我。一早，我一个人，去向烈士敬献花篮。我自己掏钱买了个花篮，我给了四百元，店主退给我两百元，说不要那么多。我们井冈山人民、江西人民真朴实！当时我就在想，怎么样让井冈山人民富起来，向老区人民献爱心。

我上井冈山，可以说，上一次就有一次新感受，每一次都终生难忘。这是一种什么心情呢？

没来以前，我是一种向往的心情，可以说是朝思暮想、梦寐以求，我总想到井冈山来一睹她的尊容。井冈山真神奇啊！这么一个小地方，搅动了中国，搅动了世界；改变了中国，改变了世界。后来每次陪领导到井冈山，我都会有新收获，心灵会受到很大震撼。这个震撼，一是来自于革命老前辈的那种远大的志向，那一种坚定的信念和不屈的意志；二是为自己偶尔有信念动摇的时候，心里有想法的时候，不能按照党的意志、党的决议办事的时候，感到愧疚。我们是党的人，就要听党的话；我们是组织的人，就要在组织内生活。

我们现在入党是为了什么？有个别对我们部队不友好的同志评价说部队是"四个机器"：造党员的机器、造干部的机器、造文凭的机器、造功臣的机器。加之我们有的转业干部又自己小看自己，造成对我们的转业干部这样或那样的评价，说我们的转业干部素质不适应地方工作要求，我们的干部信念就动摇了。在野战部队当团长、政委，指挥千军万马，到转业的时候，不得不低下高高的头，提上两瓶酒、拿上两条烟，到处去求人，小看自己。作为党员，对地方上一些不正之风看不惯的时候，每当信念发生动摇的时候，我们就要想想井冈山上这些二十岁左右就被敌人杀害的、用生命写下革命胜利万岁的英烈，就应该想想我们入党的初衷，坚定听党的话的信念。所以说井冈山是神圣的山，是我们灵魂接受洗礼的地方。

省军区第二季度理论学习，我请我们井冈山市人武部原政委来给大家上一课，题目就是"不跑不送组织没有忘记我"。我认识他就是在井冈山。第二年他就调到杭州的一个区工作了，我专门到新单位去看望他，在那里吃了一顿饭，把他部长也叫了过来。我对他说："政委啊，你能到中国经济最发达地区的人武部当政委，是得益于南京军区党委首长对我们老区的关心，是得益于井冈山这个好名字，是得益于你自己干得还不错，最后是得益于我们江西省军区党委的力荐。"

军区在井冈山办师旅团主任理论集训班，我和司令员反复向军区首长建议："我们江西是老区，如何调动干部的积极性？"提升仅是一个方面，但毕竟是少数的；另一方面，可以采取一些其他的政策，干得好的可以平调到浙江、上海、江苏等经济发达地区去，这就会形成一个好的导向。尽管每一年只能安排几个人，但是它可以鼓励大家都好好干。军区首长非常重视我们的建议，第一年就把最好的两个地方交流指标给了我们江西省军区，一个是到上海浦东新区人武部任职，另一个是到浙江省杭州市的一个人武部任职。

现在我们思想上有一个误区，认为自己不和领导搞好关系就不行，这是一个人格的问题，也是一个党性原则的问题。想想井冈山的革命先烈，二十来岁命都不要，而我们为什么还要去送钱送物，谋求一官半职或其他好处呢？这不是玷污我们党吗？不是毁掉了自己的人格吗？

我到江西省军区工作后，狠抓风气建设。首先尊重自己的人格，尊重自己的党员身份，对那些违背党员标准的人，要鄙视他，看不起他。省军区干部调整，我们从下面挑了三名同志到省军区机关，让机关的同志下去任职。我们还施行机关干部投票制度，凡是末位的淘汰，不准到人武部去，直接从机关走人。这样风气建设就搞活了。我们多条腿走路，人武部的部长、政委，适合的可以到机关来当处长，当得好照样可以提升。这让省军区的各级主官都要明白，带兵就是要带风气，带兵就是要带习惯，带兵就是要带规矩。一个国家有一个国家的风气，一个学校有一个学校的风气，一个单位有一个单位的风气，风气好不好关键在领导，领导行不行关键是前两名。部长、司令员、团长及各级政委，不要留骂名，不要让别人说没有干什么好事。如果我们收了钱财物品，被腐蚀了，就会像蛀虫一样把井冈山铸就的灵魂给掏空了，我们的党就会面临危机。如果这样，我们还谈什么理想、谈什么幸福？不光我们这一代过不下去，我们的后代也过不下去。前人栽树后人乘凉，我们前人不要挖坑，让后人遭殃。共产党的传承、井冈山的传统要靠我们一代一代传下去。

我工作过好几个单位，我最难受的就是干部到我那里去汇报思想，实际上你汇报什么我还不知道吗，你干好工作就是最好的汇报，就是对我们党的宗旨的最好的实践，也是对你人格最好的尊重，对你的工作最负责任的表现。我们有的干部，因贪污受贿、挪用公款等问题，被撤销行政职务，辛辛苦苦几十年，一下子就臭名昭著了！有些人讲，无所谓，大家都这么干，我干了也不要紧。这是心存侥幸。常在河边走，哪能不湿鞋？为什么我到人武部去，不通知他们？就是怕给基层添麻烦。他们开始不理解，但养成习惯就好了。我觉得做人要有好习惯，带兵要带好习惯。大家要牢记我们是一名军人，是一名党员，是党的领导干部，是一个单位的主官，决定着单位风气建设的方向。

我们要经常回味回味，想一想自己做得对不对、入党干什么。入党为了做官，入党为了得到好处，那就不是共产党员。我希望我们的干部能了解我，我不希望到他那个单位去，总是围着我转：爱吃什么、喜欢什么。我经常讲，人吃的东西我都能吃，人住的地方我都能住，你们干好工作就是对我最好的尊重，对我们省军区党委最大的负责。你不要整天就挖空心思研究琢磨人，不要揣摩领导有什么爱好，然后投其所好。做人一定要清清白白、堂堂正正。

在井冈山我听了十余次革命传统介绍，每次我都认认真真地听，认认真真地思考，每一次的感悟都不一样。每次上井冈山，我都会想起《天下乡亲》那首歌：

最后一尺布用来缝军装，

最后一碗米用来做军粮，

最后的老棉袄盖在了担架上，

最后的亲骨肉送他到战场。

风也牵挂你，雨也惦记你。

住过的小山村，我是否对得起你？

你那百年老屋，有没有挂新泥。

你吃的粗茶饭，是否碾成细米？

我来的时候，你倾其所有，

你盼的时候，我在哪里？

你望眼欲穿的时候，

我用什么来报答你？

最后一尺布用来缝军装，

最后一碗米用来做军粮，

最后的老棉袄盖在了担架上，

最后的亲骨肉送他到战场。

天下乡亲，亲如爹娘。

养育之恩不能忘，

高天厚土永不忘！

这首歌如同红土地上许多民谣一样，像镜子，像鞭子，时刻拷问着我，警示着我。每次上井冈山，面对先烈的英灵，你做得怎么样？我们都要问问自己，是不是有愧疚感、负罪感？

"天下第一人武部"

我国各县（市、区）都有人武部，而我认为"天下第一人武部"，还要数井冈山市人武部。首先，它成立的时间最早，历史悠久，是由毛泽东等老一辈革命家在一九二八年亲自创建的，可以说是首个红军人武部，毛泽东点名王佐当该委员会主任。其次，它作出的贡献最大，位居前列。井冈山人民第一个脱贫，过上小康生活，离不开人武部的奉献。正因为如此，当地老百姓逢人就说："为了我们致富，人武部一拨一拨人脱了几层皮，都是出了大力的。"百姓的口碑就是最好的肯定。再者，朱德元帅曾给井冈山题词"天下第一山"，用井冈山命名的人武部自然可以说是"天下第一人武部"。

我去江西省军区工作，南京军区主官找我谈话，特别明确要继续举起井冈山人武部这面旗帜，传承好苏区干部的好作风。为此，井冈山人武部便成为我上任后第一个工作联系点。也是从那时起，我对井冈山精神有了更透彻的理解，点点滴滴，至今记忆犹新。

为了摸清人武部的底数，厘清继承发扬好作风的思路，我首先召集机关的同志开座谈会，之后又到吉安市征求地方领导，干休所老红军、老八路，军分区同志，曾在人武部工作过的同志的意见建议，这样便有了初步的印象和想法。接着下发通知，动员人武部的现任军官、职工家属、民兵围绕"当好排头兵，发扬好作风"这一主题，开展学习、调研与思考活动，共同出谋划策，为调研提前做些准备，梳理出一些有特色、又实用、能坚持的具体工作举措和标准。过了一段时间，我便带机关的同志上山深入人武部一线，参加他们的日常工作、找他们谈心。他们准备都挺认真的，提纲大多写在纸上。我把他们讲的、写的内容进行了综合归纳，比较集中地提出了十六条：

一、组织干部职工、家属学习井冈山精神，每个家庭都应有一套反映井冈山精神的书。二、组织干部职工与井冈山革命博物馆讲解员结成对子，学习了解井冈山革命斗争历史等知识，熟练掌握讲解技巧和艺术，部领导要达到与讲解员相近的水平。三、干部职工，特别是部领导要非常熟悉井冈山的人文历史、民风社情等，对井冈山革命斗争时期的主要人物、历史故事、红军歌谣等要耳熟能详。干部职工人人都能当"红色导游"。四、井冈山市所有烈士、老红军的家庭，人武部领导都必须拜访到，干部职工要熟悉烈士后代、老红军的近况；编写一本烈士后代通讯录，干部职工要随身携带，以便随访。五、新调入（调出）人武部的干部职工、首次到人武部探亲的家属，都必须到革命烈士陵园凭吊革命烈士、到毛主席雕像前宣誓、到井冈山革命博物馆参观、吃一顿红军饭（必有红米饭、南瓜汤）。六、当年红军在井冈山战斗、行军的主要路线，干部职工要沿着走一趟。七、新进的干部职工要在最短的时间内学会井冈山方言，更快地融入当地群众。井冈山市的每个自然村，人武部干部职工都要走到，看谁去的村寨多、结交的农民朋友多、给老百姓办的实事好事多、为群众排忧解难多，要有一本记事本。八、干部职工每人资助一名贫困学生、建立一个脱贫致富的联系点，帮扶对象主要从生活困难的烈士、老红军后代中选定。革命先烈让井冈山人民站起来，人武部要帮助井冈山人民富起来、井冈山人民的后代要强起来。九、举办一场全部由干部职工、家属当演员的，时长一个小时左右的、反映井冈山精神的文艺演出；人人都要熟知红军菜谱、会做红军饭；探亲时要把井冈山精神"带回家"，给家乡人民上一堂井冈山革命传统课。十、建设一支过硬的"井冈山民兵连"，使之成为能完成急难险重任务的突击队、主力军，做到有旗帜、有标志（执行任务时人人挂"井冈山民兵"臂章、胸牌）、有作为、有影响。十一、每年组织从井冈山征集的新兵到革命烈士陵园凭吊一次革命先烈、吃一顿红军饭，赠送每人一本反映井冈山精神的书。要求他们入党、立功、提干后给井冈山人民报一次喜；退伍回乡进行预备役登记时再到革命烈士陵园凭吊一次革命先烈、吃一顿红军饭，并在毛主席雕像前宣誓，做到"退伍不褪色"。十二、以学习、实践、传承井冈山精神为主题，突出井冈山精神元素的运用，抓好人武部营区环境建设，使人武部营院成为学习、传承井冈山精神的阵地和课堂。十三、与吉安军分区干休所建立共建关系，人武部干部职工与老红军、老八路、遗属结成敬、学、帮对子。新调入的干部职工要逐户登门拜访干休所老干部和遗属。每年一次集体到干休所听老红军、老八路作光荣传统报告；干部职工要非常熟悉敬、学、帮对子中老红军、老八路的光荣经历、家庭情况，并积极帮助他们解决生活困难，在他们去世时，要参加悼念活动。十四、组织编写《井冈山红军人武部部谱》《井冈山人武部菜谱》，收集整理反映人武部和民兵风采的故事。十五、按照"编、装、训、管、用"的标准，加强"民兵应急连"规范化建设，努力提升应急救援能力。十六、成立"女子民兵解说排"，使民兵成为井冈山精神的宣传员、风景线。

这十六条提出后，我召开干部职工会，逐人询问能不能做到、有没有强人所难的条款。大家都说能做到，并认为许多工作过去就是这样干的，只是没有系统梳理规范过。

当天晚上，我就去观看以民兵为主体演员排演的大型情景剧《井冈山》。场外数百辆摩托车排得整整齐齐。人武部阳部长介绍说，三百多名演员，七成都是民兵，每一个角色都有三人在演，确保万一有人因事参加不了当晚的演出，另外的人能顺班顶上。他们白天干活，晚上八时准备开演，非常投入，基本上是风雨无阻。一个小时真情实感的演出，使观众备受感动、默默流泪。演出结束后，扮演毛泽东、朱德的演员率领众演员走进观众席，边表演行走长征路，边与大家挥手打招呼。观众掌声不断，久久不愿离席！

提及井冈山民兵，我还清晰地记得龙潭景区有个清洁工，她是个女民兵。她十分热爱这项工作，她边捡垃圾，边当导游，边唱红歌，会唱几十首，如《十送红军》《八角楼的灯光》等。她嗓子特别亮，隔老远都听得到声音，且富有纯正的井冈山韵味，很多游客就冲着她当了回头客。有个事业单位想招录她到办公室工作，她没去。她说她爱捡垃圾这个活，每天有八方宾客来听她唱歌，心里就像喝了井冈山的清泉，甜蜜蜜的，一点也不觉得苦和累。

在井冈山上，我还遇到过一位李姓女民兵，她大学毕业，文采好、口才好，近四十岁了还没找对象。为了把先烈的事迹材料整理准确、完整，她自掏腰包跑过全国很多地方，去寻找与井冈山有关的人和事。许多人听过她的讲解都赞不绝口，说小李快成史学专家了，怎么还没找到另一半，不可思议。小李告诉我说："学校毕业后我就请求分到了井冈山上，一直从事着井冈山革命斗争史和党史、军史研究，许多大城市的政府机关也有意调我去，但我离不开井冈山。我长期访先烈、写先烈、讲先烈、学先烈，他们是我人生的参照系。我也想找到另一半，但他必须首先承诺永远落户井冈山。"小李一直在等着那份属于她的缘分。

自从梳理规范出十六条工作举措后，一有机会我便要检查了解工作落实的情况。有一次坐人武部的车，开车的是一个小伙子，我就和他聊了起来。他是当地人，入伍去了野战军，五年后退役回家参加考试，被录为人武部职工。在部队时学习抓得紧，他养成了爱学习的习惯，车里总会放上书、笔记本，有空学一点、记一点。在接送客人的途中，他喜欢主动给别人讲解。他说："谁不说我家乡美呢，何况我的家乡又是井冈山。我能讲好多故事，今天讲两个。先讲苏区干部好作风的来历，我先给您唱唱。'苏区干部好作风，自带干粮去办公，日穿草鞋干革命，夜打灯笼访贫农……'"唱完了，他接着说歌曲创作原型来自真人真事。他说："这个人叫刘启耀，当时是中华苏维埃共和国临时中央政府江西省政府主席。他妻子担心他下乡饿着，就给他送粮食，她开玩笑说：'老公老公，饭要我供。'刘主席回答：'革命成功，吃穿不穷。'夫妻俩的俏皮话很快被传开了。其实当时刘主席保管了好多钱。部队突围时，他背着公家的一麻袋银圆，自己却靠沿街乞讨生存，最后把银圆一块不少地交给了组织，被人称为'腰缠万贯的讨饭人'。再讲毛主席，那时他天天夜里批阅文件、写文章，经常熬夜到天明。按规定他的油灯芯可以用三根，但他为了节省油，却一直只用一根。"小伙子说，一想到这些故事，就有要讲出来的冲动。平时，他们经常拿故事中的人物来对照自己，一对照，就感到自己差得太远，很惭愧。

这就是"天下第一人武部"，这就是"天下第一人武部"的人，这就是代代相传的井冈山精神！

又见井冈映山红

二〇一八年四月底，时逢井冈山革命根据地创建九十一周年，也是映山红盛开的季节。我心里又萌发了再回红土地、重上井冈山的念头。四月二十八日，我早早动身，乘高铁到新余北站（井冈山暂时未通高铁），然后乘汽车上山。为了节省时间，我午饭是在高铁上吃的。井冈山，我是上过多次的，但感觉仍然像第一次那样新奇、亲切、景仰、兴奋。正值中午，我毫无倦意。汽车在弯弯曲曲的盘山路上行驶，我两眼望着窗外，青山绿峰间，映山红时隐时现，一朵朵，一束束，一片片，脑海里不时想起许多关于井冈山映山红的故事。

井冈山的映山红，红似火。毛泽东是位伟大的预言家，在山上就坚信星星之火，可以燎原。毛泽东在一个地属湖南叫水口的地方，亲自挑选六位同志，在刚刚收割的稻田里上党课，举行了入党宣誓，决定把原来支部由建在团上改为建在连上，使我们党的末梢细胞延伸到最基层。血脉通下去，力气强起来。朱德元帅早年是云南陆军宪兵司令，中将军衔，可以说要什么有什么，但朱德却抛弃荣华富贵，铁了心要加入中国共产党，为全国劳苦大众谋幸福。八一南昌起义后，他把剩下的两千人拢到一起，等到与毛泽东的部队会师时只剩下八百多人。这两支部队会师后走上井冈山，又走下井冈山，举着火把行进两万五千里，点燃了全中国，建立了新政权。

"莲花一支枪"是苏区人民心中的"映山红"。大革命失利后，莲花县农民自卫队六十支枪被缴去了五十九支，仅剩下贺国庆的一支俄国造的枪没被敌人发现。他把枪拆分成三段，枪身存放在祠堂的神位牌中，枪机藏在后山的一块石头下面，子弹埋在村头的一棵凤凰树的根部。为了保住这支枪，父亲被敌人活活烧死，弟弟被逼得家破人亡。保住了武器就保住了信心和力量。一九二八年春，以此枪为基础组建了新的农民自卫队，后来队伍越来越壮大。毛泽东在《井冈山的斗争》的文章中称赞了这支枪的巨大作用。

井冈山的部队九死一生，历经苦难，不仅锻造出了朱德、彭德怀等五位元帅，还塑造了中国人民解放军高级将领的基本班底，许多党和国家、地方领导也有在井冈山工作、奋斗的经历。我向北山烈士陵园献了花篮，又登上了新建的南山火炬广场，看到正前方的"薪火相传"四个大字，思绪万千。南北对望，苦难辉煌，这一切就如同生机勃勃的映山红，奋发向上。

井冈山的映山红，艳似血。井冈山的山峰、树林、石头、小溪都有血的印记，有部队官兵的，有大众百姓的，有高级将领的，也有腹中婴儿的。中央苏区江西省军区首任司令员李锡凡与敌人作战时，部队被打散了，他负伤行动困难，就和警卫员藏在山上的一个石缝里。敌人逼着他有七个月身孕的妻子带路抓捕他。他妻子不语，凶残的敌人用枪托捣她隆起的肚皮，恶狠狠地说："如果你不带路，就把你肚子割开，把小孩拉出来，一块肉一块肉撕下来。"她瞪着双眼怒斥敌人后，突然以从未有的大声音呼叫："敌人在这儿！"在山上的李锡凡听到妻子撕心裂肺的声音后，知道走不了了，就给警卫员下命令："刚才是你嫂子的声音，敌人就在不远处，我们不能落到敌人手里，子弹也不多了，你先把我打死，然后你就快跑开！"警卫员看着身负重伤、朝夕相处、情同手足的首长，怎么下得了手啊！但情况万分危急，李锡凡就把枪对准了自己的太阳穴。他用手抚闭警卫员的双眼，自己身子靠在石头上，把子弹装进步枪枪膛，枪托立在地面，喉咙对准枪口，用右脚大拇指扣动扳机。枪响了，敌人爬上山，看到李锡凡的样子，吓得连滚带爬地跑了。老百姓发现李锡凡时，流着泪说："李锡凡司令员真像一位山神！"

井冈山上还有一株映山红，官兵称它是最美的。电影《闪闪的红星》里的潘冬子，人物原型是井冈山的客家妹子聂槐妆。当时，红军最缺的是盐，最困难的时候把旧房子墙上的一层土刮下来用大锅熬煮，通过沉淀、过滤，分化出盐，以此作为食用材料和给伤员伤口消毒。有段时间，五十多位藏在深山里的伤员由于没有盐消毒，人数一天天减少。聂槐妆心急如焚，她悄悄地化装好下了山，买上盐融入水中，把棉衣脱下来放在盐水里浸泡，晒干后穿在身上，以此方式通过了敌人的严密盘查。然后回到住地，她就把盐衣送到红军伤员手里。就这样，一次、两次……直到第五次时才被敌人识破，但无论敌人使用什么酷刑威逼她，她都没有说出红军伤员躲藏的地方。她壮烈牺牲时才二十一岁，红军战士称她是"最美映山红"。

井冈山的映山红，浓如情。井冈山下的兴国县，有个叫池煜华的女人，新婚第三天就送丈夫随红军队伍走上了长征路。丈夫临走时说："现在我当了红军，肯定会经常打仗的，可能也会因此牺牲的。但我一定会回来陪你，请你等着我一块过好日子。"从此以后，她每天都站在门口，望着远方的路，晴天门外站，雨天门内立。她还学会了两首歌，一首《啊呀来》，还有一首是《红军阿哥你慢慢走》。

她对丈夫的嘱托坚信不疑，对自己的守望无怨无悔。政府送来了革命烈士通知书，她说不会的，他会回来的。政府把她当烈属优待，盖了新房子，请她搬过去住。这时的她已变成池大妈了。池大妈说，我就住在这里，这房子、房子前的小路他熟悉，搬到新房子他就找不到我了。她常常对着新婚时丈夫送的镜子梳梳头，自言自语地说："回来不要不认得啊！"这一等，足足等了七十二年！是池奶奶真的不知道丈夫打仗牺牲了吗，是池奶奶真的没有感到心里的巨大痛苦吗？她从来没说过，也许只有用坚贞不渝才能来解答，就像那百年的映山红树。

在小井红军医院旁，有两座烈士墓，一座是一百二十三人的红军烈士墓。敌人上来了，红军主力被迫撤退。留在医院的都是走不动的伤员，来不及转移。敌人残忍至极，把伤员拖到医院旁小河边的稻田里，在小河木桥上架起机关枪，一批一批地扫射。

顿时稻田里的水红了，成了血田，流到小河里，小河成了血河。山在哀鸣，映山红在啼哭。敌人走了，老百姓赶来忍痛掩埋了红军伤员的遗体。一百二十三位烈士中只有十九位通过战友的回忆查到了姓名。另一座墓是老红军女战士曾志大姐的。当时曾志是医院的党总支书记。伤员遇难前几天，毛泽东同志知道她做群众工作有经验，亲自点名要她立即回红军总部，参加下乡扩红工作队。谁知这一走就没有同战友共死难，她说每每想起总是痛心。事后，她去小井看战友，下了车腿脚就迈不开，只好被人扶着到墓前，她泪流满面地说："老战友啊，我没尽到责任，我来看你们来了，我死了还来与你们做伴。"她立下遗嘱：存款全部上交给党，不举行任何仪式，部分骨灰埋在小井烈士墓旁边。她女儿不好违背她的遗愿，只好从山上找了一块小石头，在上面写着"红军老战士曾志墓"。如果没有人带路，这块墓是难以找到的。曾志还有个出生才二十八天就被留在山上的儿子。部队要长征，她就把儿子送给了当地一石姓人家。后来，儿子知道自己的身世要回到曾志身边。曾志说，你是井冈山人民养大的，我怎么能这样做呢？儿子又提了个要求，说想转个吃商品粮的城镇户口，那样今后孩子好上学，好找工作。曾志当时已是中共中央组织部副部长，可是她没答应。她耐心地开导儿子说："当时我们从井冈山开始闹革命，全国牺牲了两千多万人，是为了全中国的劳苦大众能够翻身过好日子，不是为了一家一户得好处。"她拿出自己的工资，让秘书陪儿子在北京玩了几天，就让他回了井冈山。儿子、孙子有时不理解，就到她的墓旁坐一坐，想想她讲的话，想通了，心里就亮堂了。

井冈山是中国革命的摇篮，是圣山、灵山，是"天下第一山"。每天上山的人有成千上万，为什么？有的人说，上了井冈山，官运朝上翻；上了井冈山，财源朝多翻；上了井冈山，身体朝好翻。这些愿望都可以理解。人生在世，追求什么，向往什么？一些人用敬神的心理去敬畏先烈，想从先烈那里求取一些东西。这可是误读、曲解、神化了井冈山和井冈山上的先烈们。胸襟的开阔和人格的修炼，必须要悟透映山红的傲骨和井冈山精神的不朽！

我和第一书记

　　我第一次到人武部去看看了解情况，陪同我的是政治部的一位处长。那天，我奔走了一天，到了晚上八点多，还有计划中的最后一个人武部没去。

　　我们到了一个机关大门，里面灯火辉煌，十分壮观。我请处长下去打听一下人武部在哪里。保安说："这里就是的，刚搬过来的。"我听了格外高兴。虽然肚子饿得咕咕叫，但一看到人武部住这么好的房子，顿时非常高兴。我连忙下车，走到挂牌子的地方，逐个牌子看：中共某某区委员会，某某区人民政府，中共某某区纪律检查委员会，某某区人大，某某区政协。我来来回回看了几遍，就是没看到人武部的牌子。我又问保安："人武部办公楼在哪里？"保安摸摸头，想了想说："啊，人武部还在老地方。"因为驾驶员跟我一样，刚到江西省军区，不熟悉路。我就问处长："你熟悉位置吗？"他说："还是四年前去过一次，但现在天黑了，也不太认得。"我当即问保安："你认得路吗？"他看了看我坐的车，听了我讲的话，说："我熟悉，我带你们去。"他就坐在副驾驶座上，领着我们开车过去。开了几公里后他让车停下来，他说这里就是人武部。

我一下车，心里凉了半截，与刚才的光景真是有天壤之别。我们跟着哨兵高一脚低一脚地走进大院，灯光昏暗得连脚下的路都看不清。不一会儿，来了一个人，声音挺大，他说："报告首长，我是部长，正在值班。"处长凑上去说首长到现在还没吃晚饭。部长说："我马上带您去某地吃，这地方是我们市区的接待中心。"我强压着心中的怒火，因为毕竟是第一次来。我说，我肚子不饿，还是先看看。从外面看这楼有四层。部长在前面带路，我们一层一层地上，一间一间地看，战备值班室、兵器室、职工宿舍、学习室、会议室、伙房、厕所、部长宿舍、政委宿舍。四层楼看过来，只有部长、政委的宿舍布置挺好，其他的如同贫民窟。尤其是职工宿舍，还不如农民工的住房，木板床下垫的是砖头，摇摇晃晃的，房间里一股浓烈的怪味，并且还没有热水。我问部领导来过没有，他们齐声说很少来。我又到了饭堂，四方桌脏得一团糟，绿头苍蝇四处乱飞。我问部长，你和政委经常在这吃饭？有个职工说："很少来……"旁边另一位职工立马拉他袖子，示意他不要说。到了大门口，部长说："首长，时间不早了，我还是陪你们去吃点饭吧！"我不接茬，继续问他：

"你是从哪里调来当部长的？"

"我是从军分区科长位置提升的。"

"你当了几年部长？"

"八年。"

"你当区委常委几年？"

225

"五年。"

"区委四套班子的房子是什么时候开始动工建的?"

"三年前。"

"是什么时候搬家的?"

"去年上半年。"

"为什么人武部没一起建?"

"区里说钱不够,缓一缓。"

"区党委研究时你在场吗?"

"在。"

"你提出过不同意见、陈述过人武部同时搬迁的意见吗?"

"没有。"

"你知道你常委的职责吗?"

他不吭声了!

我再也压制不住心中早已燃烧的怒火,指着他说:"你当了八年部长、五年区委常委,你看看两处的办公场所,真是像两个世界。你还有脸面对广大职工,有脸面对上级?人武部像座破庙,老百姓怎么看待你们?你通知明天召开人武部党委会,请区长列席参加!"部长连声说:"是,是!"他继续劝我去吃晚饭。这时我实在控制不住情绪,我说,我快让他气饱了,连看都不想看他,哪里还吃得下,让他快去通知明天开会的事。打发了部长,我、处长、驾驶员找了一个路边店,各吃了一碗稀饭……

第二天上午八点半准时开会,军分区的主要领导也来了。我进房间与他们打招呼,与区委书记、区长简单握了一下手,示意大家坐下。大概与会的人都听说我昨天晚上来的情况，一个个表情严肃。我先请部长汇报部里建设的情况，他拿出一大本汇报稿，念了起来："尊敬的陶政委，欢迎前来指导工作……"

"把稿子给我，我拿回去看。"我打断他的话，说："你就讲讲人武部里面这么脏乱差的原因和你部长的职责。"他支支吾吾地说不出话来。我说尊敬领导是要用工作来表示的，欢迎是要全体同志发自肺腑的。今天的会议就一项议程，人武部的营房与区里几套班子的差距这么大，何时动工建设，何时完工。书记讲了土地、经费等一堆理由，表示这件事很为难。他说完，军分区领导讲了一些督导不力等检讨式的话。我耐着性子听完后说："你是区委书记、人武部党委第一书记，对区里的几套领导班子应该同等对待，不能把军事机关当作局外人。第一书记就要掌握住第一方向，履行第一职责，当好第一标杆，树好第一形象。请你把今天的会议精神向区委传达，立马研究制订方案，人武部每周与处长直接联系，汇报进展情况。今天开会就这一个议程。"说完我就带着处长赶往下一个人武部。

回到部队，我把一路的所见所闻向司令员作了介绍，建议要给各级军事机关党委第一书记提个醒、拧把劲，让他们知道自己的地位、职责和要求。司令员说很有必要，非常赞成。

接着我带着机关一块研究方案：进行一次学习，即组织第一书记学习政工条例和上级有关第一书记职责要求的内容；召开一次大会，即军分区人武部党委第一书记这一职位人员调整后，立即召开任职大会，由上级军事机关主官去宣布第一书记的任职通知，颁发任职通知书，第一书记在大会上要作表态式发言，然后请宣布者讲话，提出要求。后来省军区党委第一书记人员调整，尽管他在其他省（市）已当过多年的军事机关第一书记，但我还是向他当面汇报了这个会议的重要性。同时，我将此呈报南京军区，司令员、政委说这件事很有意义，指派副政委专程来南昌宣读南京军区党委的决定。我们召开电视电话大会，组织全省县以上军事机关收看收听。这次会议影响很大，反响强烈。连省军区党委第一书记也说："这个会时间虽短，但影响很大，我也很受教育，这个庄严的仪式很有必要。"

党管武装落了地，第一书记尽了职，各单位比着干工作、争一流，各项建设都发生了很大的变化。我离开工作岗位，还与那个区新任人武部部长保持着联系。新营院建成后，我去过两次，沿着围墙来来回回走了几趟，但没有进去打扰他们。因为我觉得这是多余的。

他早该受处罚

二〇一七年我听说江西省某县级市委书记违纪违法被双开，今天我又看到了他的忏悔录，暂不评价他说的是否心里话，但我早在几年前就对他毫无好感。

任江西省军区政委之初，为了尽快熟悉情况，便于工作，我抓紧时间到人武部去看看。时值盛夏，我和干部处吉干事从新余吃好午饭后便赶到县里，一个多小时就到了。这个县是红军根据地之一，第一面军旗就是红军某特务连驻扎在这里时设计制作的，地位和作用何等重要、何等光荣。因我们到得早，不便打搅县里和人武部干部休息，就先去参观红军纪念馆。一件件实物、一幅幅图片、一篇篇文字，使人肃然起敬。下午三点左右，我们直接到了人武部。吉干事给人武部领导打了电话通报了情况。部长马上赶到，说："首长来视察军分区也没通知，政委在休假，要不要报告军分区？"我说："不用啦，晚上要去的。"他说到会议室里坐，外面太热。我说我们边走边说。他陪着我到人武部办公楼、宿舍楼、食堂、卫生间看了一遍，将角角落落都看了。人武部在县城中心，地段很好，价值也高，门面房收入可观，但总体感觉还是老旧了一些。我就问："县四套班子在哪里？你陪我去看看。"估计参观这期间，值班室已向军分区和县委书记报告了。一会儿军分区领导打电话来了，批评吉干事不及时通知。我接过手机说是我不让讲的。我们到了县委、县政府、县人大、县政协的办公区域看了一遍。县委书记来了，他与我握了握手，连说对不起，立马紧跟在我后面。这里仅从外观看就比人武部要好很多，内部设施更不用说了，我很是不悦。因为来江西之前，我在另外一个省军区干了五年副职，经验告诉我，一般军地两方办公设施差别大的，说明地方党政领导拥军、军事机关第一书记尽职是一句空话，就算军事机关主官在同级党委任常委也是不起作用的，只是庙里泥菩萨一座。

县委书记看我脸色不对，连忙凑上来说："我们研究定好了，选了个好地段，与人武部置换，建设资金也给了。"我说那就陪我去现场看看。他们在前面带路，我在后面走，越走越生气，看了现场更窝火。新位置离县城有四公里多，非常偏僻，地段的价值无法与县城中心相比，来回只有一条小土路，还凹凸不平，没开通公交车。一小块平地外加两个山丘，还有一个私人油库房，有两台小型推土机、挖土机正在作业。我看了新地址，都快气出血了。他说："首长，这里风景好，发展前景大，下一步县里几套班子打算都陆续迁过来。"我考虑是第一次到县里，第一次见他们，我就压住心里的怒火，把书记和部长叫到一块，斩钉截铁地说了几条："一是你们考虑欠周密，过于草率；二是人武部暂时不动，等县四套班子动迁时一起搬；三是考虑到你们已与开发商签了出售人武部老营院的合同，不能违约这一情况，你们必须重新在县城边上选一块地，由我带机关的同志来看，我们认可了，再按程序报批后方可动工；四是现在这地方先期开支的经费由县里承担，人武部一分钱也不用出，并请吉干事记在本子上。"这时已经到了下午五点多了，他们说时间不早了，就住在这里吧，吃个饭。我说吃饱了，吃不下了。我把部长叫到一块，狠狠地教训了他们一顿："你们怎么这么傻，简直是木头脑子！你们之间是不是有什么个人利益交易，如果有那可是罪加一等！"说完我坐上车就走了。不久后，他们报上了重新选址的方案，我带着机关的内行同志去看现场，对着图纸审方案。一直到新房建成，我共去了四次，一顿饭也没在那里吃过。每次我去先通知，书记不用来陪，县里谁分管这块由谁来。因为我从心眼里就厌恶这种两面人。

人品上的劣根性是很难改的。第二年，他又变本加厉地往军人脸上抹黑。在新一届县委换届选举中，他一手操纵，使得人武部主官没有进入班子任常委，腾出了一个副县级官位，提拔了他的一个亲信，开了一个恶例。为此，我当天就写了一封批评信，用传真的方式，先传给市委书记，再传给人武部，要求他们必须尽快纠正这个错误。我和司令员要求市委书记、军分区司令员、政委赶到省军区当面检查，听取批评。

我和司令员从领导干部必须坚持党性原则、要有大局观念，就此事造成的恶劣影响，第一书记的责任等多个方面，分别作了讲话，要求他们立马纠正错误，并要在最短的时间内挽回不良影响。

他们回去后，第二天就按程序把人武部主官的常委给增补上了。

我还立即向省委书记、省军区党委第一书记汇报了此事。他让组织部派工作组下去调查，作出了书面报告。工作组回来后，书记、组织部部长批示请我阅示。我从头到尾将报告认真看了一遍，报告大体是在推卸责任，避重就轻。我提笔写道："派出不讲原则的人去调查，无疑是得出无原则的结论，应付差事。"于是趁开省委常委会时，我当面将报告扔给了组织部部长。

隔了一段时间后，市委研究上报提升那位县委书记为副厅级。组织部事先逐个征求常委意见，我当着前来的一位组织部领导的面，直截了当地说："此人政治意识差，不讲大局，我不同意。"我看着他让他写上我的意见。

第二天，召开省委常委会，最后一个议题是研究干部。当讨论到他时，书记知道我的态度，再次征求我的意见，我说自己的态度不变，还是表示反对。

书记说，那暂时放一放吧，组织部再去考察一下，并要求纪委和组织部专门去找他谈一次话，进行严肃批评。

隔了一段时间，他们又将其提升之事，上会研究。有领导事先对我说，他是农民的儿子，一步一步从基层干上来的，在正处位置上也干了十年，干得也不错，群众威信高，很不容易，你抬抬手"放他一马"。事情到了这份上，我也没掌握这个人其他违纪违法的具体证据，只好说，那讨论时我弃权。

在这个过程中，此人多次托人说情，说要当面见我，作自我批评。我说与这种耍小聪明的人没有什么可交往的，也没有什么可谈的！记得有一次，也是下午，我去看新人武部建设进展情况。县长、人武部部长、政委都在，我们在大院里一层层地看房子质量。部长说："书记也来了，在外面，首长要不要见?"我只当没听见，继续查看工作，出门我就上车离开了。

"三心"服务老干部

从到一师当主任开始，我就在做服务老干部的工作，直到退休，共有二十多年。现在我也成了被服务的对象。

有人说做服务老干部的工作很复杂，难处很多。二十多年来，我也有许多感慨和体会，但关键还是事在人为。服务好老干部，要有"三心"。

一要有忠心。老干部是党的宝贵财富，他们为党操劳了几十年，退下来颐养天年，我们服务好他们，就是忠诚于党的体现。二要有孝心。要把老干部当作亲父母看待，尽心行孝。比尔·盖茨讲过，孝心是最不能等待的。我们的成长进步离不开生育我们的父母，同样也离不开老一辈的领导。他们是我们人生的老师、领路人，是有恩于我们的。三要有良心。人人都有老的时候，尊老敬老是社会的道德规范，也是每个人的良心使然。这种习惯和风气是要靠一代又一代人传承下去的。

有了这"三心"，服务老干部就会不嫌烦、善解难。曾经有一个老干部走了，送去火化的时候，其夫人对我说她的儿子不如机关干部，女儿不如医护人员。她说到本质上去了。她的儿子守灵时经常溜出去，我们却是二十四小时一直在那里守着。

还有一个老干部，因在机关工作时说了一些政治上的过头话，职务缓调了一级。他一直为此事想不通，退下来有时间了，要求组织上给予解决，几乎一月一封申诉信从总部、军区转下来，还三天两头打电话到机关询问，要求面见领导。此事十几年下来一直拖着未解决。我上任了，机关给我汇报了这个情况，我决定到他家里去一趟，当面听听他的想法。有人劝我不要去，说他难缠惹不起。我说老同志七八十岁了，应该上门看看，了解情况，安慰安慰。

那天上午九点多，我去了，我让机关的同志先回去，自己进门坐下就听他讲。开始他火气很大，说了一通埋怨牢骚话，接着讲了他自己的辉煌经历和受到的"不公正"处理情况。老同志由于文字功底好，是省作家协会会员，又长期写申诉材料，记忆力惊人。他从上午讲到下午，午饭是从食堂打来我俩一块吃的。晚饭时，他让夫人烧了几个菜，又拿出多年珍藏的茅台酒请我喝。吃完饭，他又接着讲。我在他家足足待了十二个小时，大部分时间都是他在讲，中间我们也聊些家常琐事、文学知识。他很开心，我临走时，他拉着我的手说："今天我很高兴，也知道那件事是陈芝麻、烂谷子，是解决不了的，有个人听我倾诉倾诉，发泄一下就行了。他们每年过节拿点慰问品放在我家门口就走了，生怕我会吃人似的。今天都讲好了，心里的气消了，我再也不写申诉信了！"这位老同志心情舒畅了，在干休所里像变了个人，活到了九十多岁。

还有个别老干部子女会借父辈荣誉生事，为难工作人员。遇到这种情况要多动脑子，想办法应对，做到有理有节，掌握分寸。

有个老干部生病住进地方医院，去世后一算账花了四十二万余元。其子女都不想出钱，面对事先签的保证书上的白纸黑字找尽理由，说收入低，拿不出这么多钱，需要组织付钱。按规定，老干部生病需要住院首先得住到部队医院，到地方医院住院要由组织批准，擅自到地方医院住院的费用自理。事实上，其子女中有当教师的，有在外国大使馆工作的，完全有能力付这笔费用，只是都不想自掏腰包。

他们还到上级找人，诉说组织的不是。同时，家里灵堂不撤，遗体不火化，他们还威胁说拿到报销费用后再办后事。上级不明真相，批评我们不对。干休所领导遇到这事压力很大，于是找到了我。如果屈服于压力，开了这个口子，那几百个老干部要是效仿起来，后果不堪设想，我们只能坚决顶住。想了一上午，我给干休所领导出了个主意，他们不撤家里灵堂，我们就买几个花圈天天送，在他们门口不停地播放哀乐，以表达关心。七天下来，子女们顶不住了，悄悄地把父亲遗体火化了，家里灵堂撤了，医院的欠款也缴了。

还有一个老首长，九十岁得了脑梗，成了植物人，躺在医院昏迷不醒三年多。这期间其唯一的儿子不幸去世。首长去世后，我去医院太平间守灵，他夫人向我提出了一个心愿："我儿子去世，他爸爸还不知道。今天你首长也走了，遗憾的是没有儿子为他送终，你只比我儿子大两岁，我恳请你当一回我们的儿子，为首长送终。"当时我感到很意外，好一会儿没缓过劲来。我来这里工作时首长已经离休了，我们打交道不多，但首长德高望重，阿姨提出这个愿望想必是经过深思熟虑的。时间不允许我多想，我也不能让老人家失望，就连声说："好的，好的，能有这样的父亲是我的福气。这几天，阿姨您叫我干什么我就干什么。"就这样，我在灵堂接待前来吊唁的军地领导和首长生前的亲朋好友，和殡仪馆的化妆师一道擦洗首长的身体，陪护送进火化炉，捧着骨灰盒回他家安放，宴请宾客，早晚行三鞠躬礼，持续了三天。

第六篇

在路上

我陪英雄去感恩

展亚平，原"硬骨头六连"八班班长。一九八五年一月十一日，在云南老山前线阵地上，他为掩护战友严重负伤。

一四四野战医疗所是解放军驻贵阳市的四十四医院派出配属一军参战，担负前线医疗保障任务的"前线医疗所"。

展亚平负伤后，就是送到这个"前线医疗所"抢救的。其间，展亚平做了两次大手术。由于赢得了宝贵时间，采用了最佳治疗方案，才把展亚平从死神那里拉了回来，创造了战伤救护史上的人间奇迹。

当时，展亚平处于高度昏迷状态。那些为他做过手术、护理过他的医生、护士，他都没有见过面。他一直有一个心愿，就是要去寻找这些救命恩人，与他们见一次面，向他们道一声谢、敬一个礼。

"前线医疗所"的战友们也无时无刻不惦记着展亚平，他们从新闻媒体上和战友的电话书信中了解展亚平的信息，一有情况就相互转告。

展亚平四肢截了三肢，右手只剩下三根指头，被评为特等残疾军人，个人荣立了一等功，参加全国第二次英模大会时，军委主席紧握着他的手。有一个善良美丽的姑娘叫徐秀兰，主动写信向展亚平求爱，心甘情愿侍候他一辈子，她的这个想法得到了曾经是军人的父亲的坚决支持。他们喜结良缘，还生了女儿。当时，密切关注展亚平的中央政治局委员、总政治部主任听到这个喜讯，主动给他们女儿取了"展晶"这个名字。对"晶"字的寓意，老首长还作了两点解释：一是军人的意志像水晶一样坚硬，二是亚平和秀兰的婚姻像水晶一样纯真！

老首长讲这段话，或许是有同感吧。他在长征中任团长，也负伤失去了一条胳膊。长征时，条件差，他伤口几次腐烂要做手术，却没有麻药、手术刀，只得用井水冲，借老百姓家的锯子锯。老首长痛得牙齿咬得咯咯响，却没吭一声。

展亚平手术结束五天后，苏醒了过来，慢慢地感觉到只剩下右手，身体只有上半截。医院给出的结论是他不能坐立。他痛苦过，伤心过，自己才二十来岁，别说自己的理想和目标实现不了，就是今后日子也不知道怎么过下去。父母看见他这个样子，能承受得住？他心里一点底气都没有。

院长开导展亚平说："你好好想想，生命由你选择。"

那段日子，展亚平想到了连队光荣称号的背后；想到了连歌《硬骨头六连，你硬在哪里》；想到了连队"四过硬三股劲"的作风；想到了抢救自己需要输血时，有三百多名群众排队，多数还是边疆的少数民族同胞。连队、战友、百姓，展亚平满脑子都装着这些。

展亚平渐渐地明白过来了。他带头成立重病号临时党支部，协助医院做思想工作。他用拉力器锻炼，为坐起来做准备，从几分钟、十几分钟，到一个小时，坐的时间不断延长。他萌发了上大学的念头，苏州大学的一位教授被他感动了，破例录取了他。四年大学生活，学校没人不认识这位坐在轮椅上的同学、解放军中的大英雄。

展亚平像变了一个人一样，整天乐呵呵的。他还经常写诗歌、写散文，发表在报刊上。他还到机关、企业、学校去讲述战争故事，称赞战友和自己的经历，抒发人生感悟。他的万丈豪情，影响了同学们，启迪了他人。

二〇一八年四月，展亚平和我又一次见面了，他再次提出寻找救命恩人的想法。我答应了他，立即向"前线医疗所"的老战友通报。开始我还有些顾虑，过去这么多年了，大部分人年事已高，还能不能召集齐呢？能安排顺利吗？

谁知这些担心完全是多余的。

"前线医疗所"的原医护人员自发成立筹备组，建立微信群，互相转告。八十一岁的章院长拿出当年的花名册，自己一个一个地给他们打电话，直到找到当时的三十五个人。他们四处搜集当年的文字照片，布置展板，制作横幅，安排场地。

六月八日下午，我们到达贵阳机场，场面好温馨，真感人！退休的来了、在职的请假到了，乘公交的、坐的士的，全到了。远在上海、济南、杭州、深圳、昆明的也都赶来了。有的在机场外面站了两个多小时。章院长来回奔走，还像当年那个样！展亚平露面了，他们拥向前，抢着推轮椅。想着当年一米八高的英俊帅气小伙子如今只有八十六厘米高，满头花白，大家感慨万千。当展亚平高举右手，并拢仅有的三根手指头不停地敬礼时，大家的眼睛都湿润了。

九日下午三点，"展亚平感恩之旅战友情"活动正式开始。

第一项仪式就是点名。参加活动的，不分官职大小，不论年龄大小，一律站起来答到，有的拄着拐杖，也挺直腰杆答到。负责点名的同志向章院长报告："战友联谊活动应到五十五人，实到五十三人，因事请假两人。"

展亚平的讲话，十分感人。他说："经常做梦想到你们，想象着你们的样子，今天梦想成真，我和我一家都感谢医疗所的全体战友，是你们救了我的命，送给了我幸福！"

我看到展亚平在讲话时两眼角一直挂着泪水。

活动仪式中，三个外科主治医生介绍了当时抢救的过程。

最后，全体起立高唱了那时最爱唱的歌：《血染的风采》和《战友之歌》。

六月十日，医院安排我们去遵义会议旧址参观。我边看边想：**所有伟大成功的取得，惊人奇迹的出现，其背后都必然有先进思想的引领、崇高精神的支撑。**英雄虽然出现在不同的时期，工作在不同的岗位，发生过不同的感人故事，创造过不同的辉煌业绩，但都有着相同的思想根基与成长轨迹。

六月十一日上午，展亚平一行走进了四十四医院，给全院医护人员讲述他的故事。尽管我听过很多遍，但感觉仍然是那样的新奇。他听说医院有个因公负伤的辜宇参谋，两年多了，一直躺在病床上与命运抗争。他请医院姚政委陪着他走到辜参谋的床前，两只手紧紧地握在一起，信心和毅力通过表情和温度在刚刚相识的两位战友之间传递着！

伟大的人民孕育伟大的军队，伟大的军队培育伟大的战士。千千万万名英雄如璀璨星辰，他们的名字成了中华民族的集体记忆，他们铸就的精神虽久经岁月磨蚀，却依然熠熠发光放彩！一四四医疗所的战友们，你们是无名英雄，是前线勇士的温暖家园和生命靠山，所有上过前线的官兵永远怀念和你们朝夕相处、生死与共的日日夜夜、分分秒秒。

我们陪着展亚平远赴千里之外的贵阳，寻找和感恩当时救治他的医护人员。连续几天，有关这个活动的微信报道一直受到高度关注，从军营到社会，从上将到士兵，大家交口称赞，处处传颂。这说明人民群众永远爱戴子弟兵，英雄永远是中华民族的脊梁，革命英雄主义永远是人民军队的灵魂！

当年展亚平身负重伤，生命垂危，先后经过一师医院、四十四医院、六十九医院、昆明总院、一一七医院、八十五医院等多家医疗单位的救助，他们共同与死神赛跑，才挽救了展亚平的生命。展亚平多次讲过，所有直接参与救治的、曾经关心和帮助他的人，都是他的救命恩人，他都会终生不忘，永远铭记。展亚平走到哪里，只要听说他是战斗英雄，群众都竖起大拇指，与他合影，帮他推轮椅，连几岁小娃娃都愿意亲近他，为什么？

因为展亚平是英雄，英雄是时代的先锋、民族的精英、社会的楷模。何谓"英雄"？古人云："聪明秀出谓之英，胆力过人谓之雄。"黑格尔说，一代英雄，必然是公认的那个时代目光敏锐的人，他们的业绩、他们的言论，就是那个时代的精华。《现代汉语词典》是这样注释英雄的："不怕困难，不顾自己，为人民利益而英勇斗争，令人钦敬的人。"崇拜英雄是人类的共性，古今中外，无数平凡之人都是受到英雄精神的感染，仿效英雄的行为，才踏上非凡之途的。展亚平参军后来到了著名的"硬骨头六连"，从此十五名战斗英雄的故事在他脑海里深深地扎下了根。他立志学习、继承前辈的精神。上了战场，他冲在前线，危险来临时他把生的希望让给战友。负伤后他经历了九死一生的煎熬，用剩下的一只胳膊，做到常人难以做到的事情。受伤前后，他都是名副其实的英雄，他的事迹使亿万人追随，他的精神让中华大地生辉！

学习英雄，是一种高层次的精神境界。伟大是自身生命力的光源，我们能挨近他便是幸福与快乐。经常沐浴在光辉中，所有的灵魂都会感到高大和畅快。歌德有句名言：你若失去了财产，你只失去一点儿，你若失去了荣誉，你就丢掉了许多。一个人只有常以英雄为标杆，才会有向往高尚、谴责耻辱的价值取向。一个人如果常以灰暗自嘲，就会因眼前只有黑幕而走入歧途！

合力抢救英雄，体现了战友之间的伟大友谊。战友与朋友只有一字之差，但含义有天壤之别。只有用血和命为国为民为他人奉献牺牲的军人，才称得上战友这个称号；关键时刻能舍生取义、舍己救人，不是兄弟，胜似兄弟，才称得上战友。展亚平用具体行为诠释了战友之深意，抢救过展亚平的医护人员用心血体现了战友之深情。战友是不分年龄、性别、职务、兴趣爱好的，只能用血用命凝成，是整体的、纯真的、永恒的，是不能用利益交换的。

我们此次的感恩之行再一次证明：战友这个称谓的伟大与崇高、真诚与纯洁！

重回老山找青春

云南中越边境的老山，曾经是我和我的战友打过仗的地方。有三百九十七位战友就倒在那里，还有几千名战士在那里流过血、挂过彩。虽然说离开那里已有三十多年了，但我心里总是惦念着那一方热土，总是回想起在那里住过的三百多天。军人走到哪里就把哪里当作家。自从离开那里，我就天天好想老山前线之"家"，思念我的战友、我的兄弟。二〇一四年，我们七位战友相约，一起去了一次杭州、济南、贵阳、深圳。二〇一八年立冬第二天，我只身一人去了一次。我想一个人去，自由放松一些，同时能尽情地表达我的真实情感。我坐着车首先上老山，越接近主峰，雾霭越浓厚，有时迷蒙，有时又会有缕缕阳光。这就是老山地区的气候特色，常年云雾缥缈，潮湿难耐。迎面见到现在边防部队住的窗明几净的几幢白色两层小楼。我在营区里徜徉，看看新楼，找找旧时的踪迹，于角角落落里竭力找寻那时驻守的模样。流年似水，撷取一朵朵记忆的浪花，战时往事在脑海、在眼前一件件鲜活起来……

车过小坪寨，继续蜿蜒行驶在迂回曲折的山路上，前方依然是急弯和陡坡。车辆沿着盘山公路回旋，一会儿是扑面而来的山崖和密林，一会儿目光所及之处又是雾霭笼罩的深山峡谷。山势越来越高、主峰越来越近，手握钢枪的烈士塑像、镌刻在崖壁上"老山主峰"的红色大字在缥缈的云雾中若隐若现。老山，英雄之山，听从内心的召唤，我又来了。主峰，二百三十二级台阶，那是二百三十二个不屈的英魂！天梯，狭路相逢勇者胜，那是突击队攻克最后一个堡垒的生死之路！飘扬在老山主峰缭绕云雾中的红旗在阵阵作响，"忠于祖国，青春无悔"的豪迈情怀在战士心中汹涌激荡！

有战友曾经说过，男儿有泪不轻弹。那可能是因为他没到麻栗坡。麻栗坡烈士陵园坐落在麻栗坡县城西北四公里处的磨山坡上，这里安葬着一九八四年四月收复老山、八里河东山以及在其他战场牺牲的九百六十七名烈士。因地势已趋于低缓，目光所及之处不似老山主峰那般云雾缭绕。我是在一个阳光明媚的下午步入陵园的。九百六十七座坟茔，九百六十七块缀着红星的墓碑整整齐齐地排列在青葱的山坡上。一切都默默无言，犹如梦的山野，在奏着一曲无声的挽歌。当年，当战友们凯旋的时候，你们却永远留在了这里，青松翠柏相伴，滔滔江水呜咽。今天，我又来了，怀着敬仰之心，来到松柏苍翠的墓园。纵然，我看不到你们的身影，因为你们早已化作了连绵起伏的山脉，矗立成高耸入天的丰碑。今天，我又来了，难抑感伤之情，何以寄托无尽的哀思？给你们献上一束束清丽典雅的花儿，让花儿为我诉说万般不舍、年复一年的思念。今天，我又来了，为你们唱响一曲悠扬婉转的歌儿，让歌声阵阵，抚慰你们孤寂无依、悄然沉睡的灵魂。深秋时节，仍有鲜花在漫山遍野绽放，那是你们生命永远定格在二十岁左右时的青春笑颜。阳光沐浴大地，那是你们用鲜血和生命换来的来之不易的和平。金秋时节，暖风飘荡，我轻声道：你们活在我们的记忆里，我们活在你们的事业中，我们永远怀念你们！

车子到了边境小镇船头，看见了弯弯曲曲的盘龙江，这条江从麻栗坡边境的老山、八里河东山之间经年不息地流向越南。河水在中国境内因落差较大水流湍急，进入越南却温柔如少女。的确，接近口岸，盘龙江江面开阔，江水缓缓地流出边境。船头地势很低，又是一片开阔地，我们的炮兵阵地就驻扎在口岸上游处。一九八五年一月，我在炮兵阵地，遇到了一位炮兵连连长。天下竟然有这么有缘分之事。连长当兵时是和我在一个连队的，他叫童细苟，比我晚一年当兵，他在侦察班我在炮一班。从我离开连队，七年多时间我们再也没见过面。他把我拉进一门炮的掩体里，又迫不及待地说："老陶处长，老连队的都知道你在军里当处长，与团长一样，弟兄们都羡慕你，谁想到能在这里见到你。"接着他又介绍自己："我改名了，叫童继伟，我是从战士中提干的最后一批。政治处主任来找我谈话，临走时说让我把名字改改，说细苟谐音听着像'小狗'，不好听。连长指导员帮我改了这个名，说是让我继承伟大精神。我接到参战命令，说是打仗部队要补充一些兵员。这个连缺连长，当时我是副连长，政委亲自找我谈话，说我军事素质好，决定提我当连长。叫我打仗，我作为军人不能说二话。"于是，我就这样与他仓促分别。

曼棍洞，现在是旅游景点，当时可是十几个雄师劲旅的作战指挥部。一师首长机关住在洞里面，我去过十多次。第一次是一团首次出击拔点作战。史政委放心不下，一早就让警卫员通知我和保卫处陈干事跟他到一师指挥部。史政委一去就在作战指挥沙盘边坐下，听师领导介绍敌我防御态势以及我方进攻的部队、路线和作战方法。尽管首长多次听过介绍，但还是听得那样认真。我和陈干事在一旁站着，随时准备听从首长的使唤。从早上七点到下午四点，中饭也顾不上吃，一直没有听到预期的结果，首长的脸慢慢拉长了，手里香烟一支接一支，话也不讲了。过一会儿他用手招呼我，我赶忙走上前，他说："小陶，我们先回去。"这时我们肚子饿得咕咕叫，陈干事说："首长，我们吃点饭吧。"首长瞪了他一眼，上了车，我俩赶紧跟上。在车上，首长一句话也没讲，打开车窗，一个劲儿地抽烟。

第二次到曼棍洞，我们打了一个大胜仗，大家的气氛很愉悦，还碰上了一位解放军记者，他是从一师走出来的名人。这时正好收发室来送信，记者从一大堆信里挑出几封他熟悉的老同事的信，当着大家的面念了起来。

记者念得声情并茂，满洞人笑得前仰后合，几个被点了名的同志连忙上去抢信，拿过来一看信封根本没有撕开，原来是记者随意编的瞎话。

还有一次，我去了解英雄事迹，询问到一个班长。因为在此前，曾听说他是侦察兵，很有胆量，经常到前线去摸敌情，并且信息掌握得很准确，为作战创造了条件。当他下阵地休整时，听说有个敌人据点情况不明朗，他又主动要求再上去侦察，这已是他第六次去了。就是这一次，他再也没回来，遗体也没找着。当时报英雄称号，如果是牺牲了，必须见到遗体，以防万一后面工作被动。我们分析这位同志可能被炮弹击中，遗体掉到敌方或深沟里去了。可惜他没有被授予"战斗英雄"称号，只立了个一等功。

我在陵园里，瞻仰一个一个墓碑，轻轻地念着他们的名字，他们都是英雄。在前线拼杀的勇士，也都是英雄。他们的青春和热血永远定格在英雄的群体里，铭记在人民的心目中！只要我还能走，我还要去看望我们的老山之家，去寻找我们的青春年华。

荣誉士兵军史馆

朱龙训，何许人也？他是浙江省嘉兴市海盐县澉浦的一位普通农民、退伍战士、个体企业家，他建了个老兵军史馆。

二〇〇二年七月，我当师政委，带领部队到东海游泳训练，住在他家。他一听说部队要来，就和老伴儿刘梅宝一合计，把刚建好的别墅上下两层房子全腾空，就连独生女儿的闺房也让出来给部队住，他让女儿去单位住段时间。他们当天开着车去县城买来进口空调、日用品和饮料，待我们如同一家人。我们中岁数大的叫他们龙大哥、刘大姐，岁数小的叫他们龙叔、刘阿姨。他四岁的小孙子喊我们解放军叔叔。晚饭后，朱大哥在家举办了一场拥军晚会，他拿出在部队演出队学到的拿手戏，又跳又唱，刘大姐也上场表演。我们情不自禁地加入其中。

他的行动传遍了全镇，许多乡亲都照着他的样子做。我们尽管每天游得手腿酸痛，身上晒脱了皮，可一回到住地，见到热情的乡亲，竟然瞬间轻松。第二天我们劲头更足，训练得更猛。

不知不觉二十多天过去了，训练快结束了，也临近建军节，我让助理员颜虹去买菜和酒，我来烧，晚上和朱大哥一家话别。

这顿饭我们吃了很长时间，他、刘大姐，还有特意赶回来的女儿、女婿都喝了很多酒。大家都是说一阵哭一阵，那才叫依依不舍。后来的七年，部队每年都去训练，指挥所都安在朱龙训的家，他一如既往地待军人如亲人。逢人就讲，我过去当空军，这下又当了七年陆军，有部队赠匾为证——"授予朱龙训同志荣誉士兵"。他将此匾挂在一进门最显眼的地方。

十几年过去了，我们在他家住过的战友，无论是官至大军级、晋了中将、上了北京，还是退休转业退伍的官兵，都对朱龙训一往情深，大家常电话联系，像亲戚一样走动。接任我的一位领导，提升进京担任要职，有次从北京来浙江公干，硬是挤出一点时间从杭州赶到溆浦，到他家看看后再赶往机场。首长邀请朱龙训到北京做客，尊如贵宾。在他家住的领导中有五人晋升为将军，都把他当亲大哥，邀请他去新任职的地方走走、看看。

我几乎年年都要与他们见面，地点都是在双方家里。我到江西省军区后，他们夫妇来了两次。第一次到南昌，看了八一起义纪念馆、小平小道，还有滕王阁等名胜古迹。解说员开口说："尊敬的首长，欢迎您来参观指导。"他回来说不好意思。我说："很对很对，我专门让他们这样称呼你的。"由于时间紧，他想去井冈山的愿望没能实现。这个我一直记在心里，第三年，我又特地陪他们夫妇去井冈山住了两个晚上，请最好的讲解员——党史办副主任李海清女士给他俩介绍。那两天我们参观了主要红色景点，还在八角楼旁品尝了红米饭、南瓜汤。后来，我又陪他们去福建、舟山等地，看了海军舰艇和老朋友。我开玩笑说：朱大哥，这下你海陆空全干过了。他哈哈大笑，连声说："是呀是呀！"

二〇一六年八月的一天，他打我手机说："听说老部队改编了，又移防了一部分。我想在家里办个'军史陈列馆'，这样能天天进去看看。老战友想念老部队也可以来我家。"我听后大吃一惊，个人办家庭军史馆，谈何容易。他说他试试看。

正值三伏天，我又去了他家。我看到眼前的一切，简直是不可思议。只见房子整修一新，"老兵军史馆"五个红字格外鲜艳夺目。当我走进房子里时，眼泪夺眶而出。房子中间放了个大桌子，地下摆满各种照片、实物、资料。朱龙训夫妇，还有一位早已熟悉的张大哥（转业干部），三个年过古稀的老人，一人戴着一副老花镜，有人拿着本子和笔，有人在资料堆里翻看，背上衣服被汗水都湿透了。

"我反复考虑取了这个馆名，这个馆名最符合我和你大姐的心意，也能让战友感到亲切。"朱大哥介绍说，"请你老弟来当参谋。我办军史馆首先政治上要把牢，不要出问题。再就是要有农民特色、家的特色、感情特色。另外要简洁，让战友一看就眼熟、就明白、就亲切，来了还想来。这是我们共同商量定下的三原则。"我连声说定得好，就同他们一块干。简单吃了中饭，顾不上休息，我们又接着干了起来。朱大哥说："战友们听说了这件事，从四面八方寄来了物品，我这里甚至还有你们边境作战的录像带、十六勇士出征时的誓师会上的录音带，就是时间久了放得不顺畅，等到时修好了，参观的战友看完墙上的展板，再坐下来观看录像、听听录音，就更圆满一些!"

下午我告别了他们，走在路上，手机响了，一看是朱大哥的。他兴奋地说:"老弟，录像带、录音带全恢复了，这下太好了，争取在建军九十周年开馆，我在家里等着战友们来!"

中国人民解放军建军九十周年纪念日那天，朱龙训他们家是"四喜临门"，一家人笑得合不拢嘴!

第一喜:喜迎建军节。老朱夫人刘大姐说:"前天我们看阅兵，我们队伍好威武，先进武器那么多，有了这些，我们老百姓感到真自豪。"她边说边竖起了大拇指。

第二喜:县里授予他们家"国防教育基地"称号，县里还在他家举行了揭牌仪式。

第三喜:他自办的"老兵军史馆"要在纪念日这天开馆，有好多贵宾要赶来参加，有的客人是过去想见都见不着的，今天也要专程赶来。

第四喜:喜迎八方贵宾要客。上午九点过后，老朱夫妇和孙子穿戴得整整齐齐，虽然前胸后背的衣服早已有了汗水，但他们还是站在门口向公路的远处张望，老朱还不停地用手机说着话。人来了，边境作战的功臣田峰自己驾车第一个到。田峰一下车就庄重地向老朱敬了一个礼，连声说:"朱大哥，久仰你的大名，今天专程来参观学习。"老朱一把拉住田峰的手，立马领进家，倒上茶水。不一会儿客人陆续到了，他们是贺龙元帅的女儿贺晓明大姐及她女儿珂珂，原武汉军区副司令员的女儿唐大姐，原第二军医大学政委傅翠和将军，原边境作战坚守英雄连的指导员、现上海某区巡视员朱永泉，边境作战一等功臣赵勇等数十人。他们分别是从北京、上海、深圳、杭州等地赶来的。

贺大姐一下车，分别与老朱一家三口一一握手。贺大姐说："老朱你好大的名气，成了网红啦，你的事迹我在北京都看到了。你做得好，今天我是专门赶来看望你、感谢你、参观你的'老兵军史馆'。"客人就在老朱的陪同下，一个展板一个展板地看过来。大家都啧啧称赞："了不起！真是了不起！"

当走进"老兵军史馆"，客人更是大为吃惊，感叹不已。馆里四周墙上挂满了图片。正面是军史部分，从南昌起义开始，九十年来军队的各个历史时期沿革和光辉历程都有记载。左边墙上记录的是重要工作，如关于战备训练的、对敌作战的、抢险救灾的，等等。右边墙上挂的是英模单位和个人的锦旗、奖杯、奖章照片。对面墙上挂的是参观者的留影留言。两面墙边还安装着多个展柜，里面放着陆、海、空、火箭军等的部分武器模型，除此之外还有许多现役的、退役战友送来的纪念品，各式各样，甚是丰富。

客人看得很仔细，很认真。当贺大姐看到父亲少年时的相片和湖南桑植老屋，还有贺龙元帅在指挥南昌起义时用过的手枪和怀表的图片时，眼里噙着泪水。她深情地对女儿珂珂说："这次带你一块来接受教育，就是要世世代代不要忘记，没有中国共产党的正确领导，没有老一辈革命家舍生忘死、前赴后继，没有像朱爷爷这些普通善良的民众百姓，就没有中国的今天、你们的今天。朱爷爷创办的小小家庭军史馆，在中国可能是第一人！我们要把这里当作军人的家。"她的话客人们都听清楚了，记下了。她随后从提包里拿出一本厚书，送给老朱，说："这本书记载着我们这支部队如何诞生，怎样走向胜利、走向辉煌的历程，是一部记载血与火的史的著作。书名《血脉》是女儿珂珂亲笔写的，我今天带来送给老朱的'老兵军史馆'！"老朱激动地用双手接过来，说："这又是一件镇馆之宝，太珍贵啦！"现场立马响起了一阵热烈的掌声。

不知不觉过了两个多小时，老朱拿来签到簿，请大家签名。客人们端端正正地坐在桌边，一一地写下自己的名字。早已过了约定返回的时间，客人们还是依依不舍，纷纷合影留念。贺大姐临上车时还紧紧握住朱大哥夫妇的手，反复说："你们就是军人的亲人，这里也是我的家，我还会来的！"

车开动了，远去了，车窗外，客人的手还挥动个不停。

市长本色是农民

早就听说南昌老市长、进贤李家农民大哥李豆罗被评上"2014中华文化人物"。说来凑巧，二○一七年九月六日早上八点多，我办完事，赶到浙江宾馆去吃自助餐，一进大门就看到两边挂着十多幅相片，左边第二幅就是李豆罗的近似真人大小的相片。尽管有五六年未见面，但我还是一眼就认出了他特有的脸庞、特有的笑容。我立马掏出手机拨通了他的号码，问："李市长，你是不是要来杭州出席颁奖大会呀，你住哪里，晚上我们聚聚好吗？"他说："下午两点多从进贤坐高铁出发，五点到，住浙江宾馆，见面再说，见面再说。"

说起李市长，我俩挺投缘。我刚到江西省军区工作，就听说了他的奇事，总想抽时间去拜访见识一下。一个周六下午，我让一个熟悉的同事带路，直奔李家。因多是乡村公路，我从南昌市区开车开了近两个小时，才到了村里。我一下车就看见一农夫模样的人从田里走来，同事告诉我，他就是李豆罗。因我早有思想准备，对他满脚泥巴，身上、头上沾着稻草的形象一点也不觉得意外。他把手往裤子上一擦，双手握住我的手，连声说："欢迎首长，欢迎领导，只听说你要来，具体时间不清楚，有失远迎，又这模样，对不起，别见怪啊！"我说："老哥市长，这样才真实才亲切！"

我们边说边参观，小时候我见过的农具、家具、玩具，几乎都见到了。老李说这些东西越来越珍贵、越来越稀奇了。别说城里人没见过，就连一些农村晚辈回乡也说不出名字和用途来。他一回来，就修整好几间旧房子，动员乡亲们把这些老古董都拿出来，办个陈列馆。有些老工艺也重新开张。他让李家率先把乡村旅游办起来，让乡亲们守在家门口发财致富，让大家都来李家转转，参观榨油坊、豆腐店、醇酒灶、书画社，等等。来的人可以先转农民用具展、观看工艺坊，再见识老李家的农活秀，晚饭时还可以吃新鲜土菜、喝高粱烧。

老李说他从农民干到市长，花了四十年时间，从市长回到农民只用了不到四个小时。他从小个子矮，初中毕业去考师范学校。谁知学校说他个头够不着黑板，当老师不合格。他一气之下就回到老家当了农民。他妈妈听说了，拖着三寸小脚来回三十公里地跑，求学校录取儿子。妈妈跟学校说，可以让他做其他活，比如敲钟、做饭，因为这些工作好歹是吃商品粮的。李豆罗拉着妈妈说："不求他们，我就是要回家当农民，把农民当出个模样来！"

他年少志气高，用心干活。种粮食，各种农具的使用，各种工坊的手艺，他每干一种就都熟悉了。他还是个热心人，哪家有困难，他都去帮助。有几次深夜，突然有人生病，他主动去找人抓药，并且将他们送去医院。一年多下来，他在村里很有威信，一提到李豆罗，没有人不竖起大拇指的。就这样，大队支部动员他入党，他从支部书记、公社书记、县委书记，一直干到南昌市副市长、常务副市长、市长、人大常委会主任。岁数大了，换届了，市委让他再当顾问，在南昌给他分房，在城里安度晚年享享福。他却有自己的打算："在台上，我一分钟也不马虎，把共产党交给我的阵地看紧把牢，不做让老百姓戳脊梁骨的事。下台了，我要返乡归零，去做个老农民，把我多年国内外到处考察看到的、心里经常想到的，在老家的土地上做起来，让十里八乡的百姓跟我一样尽快过上好日子。"

他已经七十多岁了，但他经常说自己才三十多岁，除了当官岁数大了点，当农民还正当年。他每天天不亮就起床，晚饭经常吃一顿忘一顿，因为人毕竟岁数大了，忙腾了一天，倒在床上就不想动了。家里人、乡亲们都心疼他，劝他少干点力气活，动动嘴指点指点就行了。他幽默地说："你们没看，城里到处修运动场，早晚很多人都在出力气流汗搞有氧健身，我这是活也干了，身体也运动了，一举两得呀！"七十多岁的人，腰板直、脸色古铜红，走起路来两脚生风，他说这全是庄稼活给锻炼出来的。

这次他被评上"2014中华文化人物"，他们村也被评上中国最美乡村。我祝贺他双喜临门。他认真地说："这既是标杆，也是鞭子呀！谁让我是个共产党员？谁叫我这样干了大半辈子？这已经成了人生习惯了。不管他们评什么，我还是农民李豆罗，还是和过去一样干！"

临别，我紧握李大哥的手，望着他走向灯火辉煌的远处！

回首走过的脚印

　　脚印铭记着我们所走过的岁月。当我们用时光的脚步丈量着每一个白天黑夜时，就是在考量我们自己是否辜负过每一次的日升月落。

　　在人类的历史长河里，我们每一个人都是短暂停留的过客。所以，我们要珍惜生命的旅程，学会用四季的韵律点缀时光。岁月是无情的，匆匆一路走来，白发渐生，皱纹渐长，这个自然规律谁也无法违背，它对每一个人都是公平的。珍惜时间的人，懂得无情背后的无奈，懂得向前迈进的路程上会留下痕迹。这痕迹如同大自然的花草，绽放着季节的芬芳。每一个清晨的降临，都预告着你将踏上新的旅程。你爱这美丽的世界，才会在清晨尽情地倾洒阳光和雨露，让生命在自然的滋润里成长。你爱着世界万物，才会在每一次日升月落中留下不负时光的足迹。无论你在旅程中遇见的是暴风骤雨，还是和风暖阳，历史的长河都会证明，你是怎样疼爱着人间的草木，你是如何眷顾着每一份打磨的真情。

在人生的旅程中，鲜花和荆棘的搭配，坦途和坎坷的衔接，艳阳和风雨的交织，得志和失意的轮回，均需要自己适应和调节。时隐时现的脚印，饱含我的泪水，也留有我的笑声。日月星辰每一天都在与命运抗争，时快时慢，但它们总是向前，总是那么坚定。

大别山孕育了我，我走出了大山。井冈山教育了我，我成全了自我。这一路走来，我遇到了许许多多有恩于我的人。有一段话我一直将其作为至理名言：**和谁在一起，真的很重要；一个人走路顺不顺，能走多远，要看他与谁同行；一个人有多优秀，要看他是由谁指点；一个人有多成功，要看他是与谁结伴。**别小看潜移默化、耳濡目染的力量，人就是在这种力量中慢慢被浸透塑造出来的。观世间万物，每个人都有不同的角度。有的人容易看到脚下的小小沟坎裹足不前，有的人容易被点点纠葛和烦恼遮住视线，也有的人在幸福中还在苦苦地寻找不满，犹豫不决！**人生完美是相对的，会有人对你不满，也会有人让你生厌。对人不要求全，对己也无须苛责。为人处世要怀有最大的希望，尽最后的努力，但要做最坏的打算、持最好的心态。**不要轻易去厌烦某人，那样会劳心费神。美好的东西，我们要将其锁进记忆，时常品味；而一些"垃圾"，则只要丢到一边。只要与你无关就不必理会，不要因此耽误自己昂首挺胸地大步向前。

分不开的脚印，一前一后，如同跳动的音符，奏唱人生的乐章。愿余生的日子里与你不离不弃，一并向往，漫步人生。愿生命中的每一个脚印，都铭记每一寸光阴，挚爱每一份情谊，踏稳每一步旅程！